初恋の剣

八丁堀育ち　2

風野真知雄

朝日文庫

本書は書き下ろしです。

目次

初恋の剣　八丁堀育ち2

第一章　昔のかどわかし

「これからの長い人生……」

と、子どものころに大人たちからよくそう言われていた気がする。

それは単なる歌の枕詞《まくらことば》のようなものなのか。

あるいはなにか、思惑があってのことだったのか。

大人というのは、どうしても子どもを自分の都合のいいように育てたいのだ。しかも、困ったことにそれが子どものためになると信じ込んでしまったりする。

もしも子どもたちが、

「先は短いあっという間の人生……」

と知ってしまったら、どんなことになるか。

——どうせ先が短いなら、やりたいことをやるべきだ。

そう考えるようになってしまうのである。そして、それはおおむね正しい選択となる。

だから、わたしがあのころの自分に逢《あ》えるようなことがあるとしたら、こう言ってやりたい。

「あの人たちが言っていることは嘘《うそ》なんだぞ」と。

時は、ほんとうにあっという間に駈《か》け去っていくものなのだ。だからこそ、やりたいことをやるべきなのだと。

だいたいが、人は好きなことしか一生懸命にはなれないのだ。一生懸命やるからこそ、学ぶのであり、進歩もするのだ。

あっという間に過ぎた昔なのだが、それが古い記憶であるほど、頭の中にくっきりと刻み込まれているのはなぜなのだろう。

数年前のできごとがもうぼやけたようになっているのに、幼かった日の思い出がこと細かに、色鮮やかに思い出されるのだ。

八丁堀での日々――。

まだ日本全体が、それからおよそ二十年後に始まる激動への予感もなく、決まりきった日常をやり過ごすことだけに一生懸命だった。

それが島国という、きわめてまれな条件下にあったためであることは、考えもしなかっただろう。

わたしは八丁堀の同心《どうしん》である伊岡《いおか》の家に嫡男《ちゃくなん》として生まれ、当然、同心としてあとを継ぐことを誰も疑っていなかった。

わたし自身は、いつかあの八丁堀から飛び出して、もっと大きな世界で生きていきたいと願っていたのだが、では、それがどういう自分であるのか——そこらあたりになると、まったく想像できないでいた。

自分はなにがしたいのか。

「家を出て、武者修行の旅に出る」

それは幼いわたしの口癖だったが、しかし、剣術遣いとして一生、旅の空で暮らすなどとは、まさか思ってはいなかっただろう。

わたしが本当にやりたいことにめぐり会ったのは、もっとずっとあとになってからだった。

当時のわたしの暮らしといえば、昼前は学問所に行き、もどると昼飯をすませ、剣術の稽古《けいこ》へ。

ときにはそれらをすっぽかし、町をふらつくこともしょっちゅうだった。

だが、あのころは振り向くといつも、そこにあの柳瀬《やなせ》早苗《さなえ》の愛くるしい顔があったような気がするのだ。

隣家の柳瀬宋右衛門《そうえもん》の家は、北町奉行所の与力《よりき》の家柄であり、早苗は柳瀬家の三女だった。

わたしの家は、格下の同心の身分だった。

それでも同じ歳《とし》だったわたしと早苗は、物ごころがつくころから親しかったらしく、あとになって聞くと、

「あの子たちは夫婦になるために生まれてきたのではないか」

などと囁《ささや》かれたりしていたらしい。

だが、のちの明治の時代ほどには、幼い男女がいっしょにいることにうるさく言われたりはしなかった。「男女、七歳にして席を同じゅうせず」という教えもあるにはあったが、それは部屋の端と端に分かれるくらいで済んだりした。

しかも、わたしたちは二人とも、身体《からだ》つきも顔も、幼く見えた。そんなことでわたしたちはのべつ、二人で歩きまわっていたのである。

あれは、二人が十四歳のときだった。

一枚の手紙をきっかけに、八丁堀全体を揺るがすほどの大きな事件と関《かか》わりを持つことになってしまったのだ。

青春というにもまだ早い、まさに初恋のころであった――。

一

伊岡夏之助《なつのすけ》が亀島河岸《かめじまがし》の段々に腰をかけて、いま、買ってきたばかりの書物に目を落としていると、

「なに読んでるの?」

後ろから声がした。

振り向くと段々の上に柳瀬早苗が立っていて、その遥《はる》か向こうに十月（旧暦）の高く青い空があった。雲はほんのすこし、忘れつつある記憶のようにうっすらと、幾筋かが流れているだけだった。

夏之助は眩《まぶ》しげに顔をしかめ、

「いま、買ってきたばかりの本なんだけど、おかしなものが挟まってた」

と、それをひらひらさせた。

「おかしなもの？」

早苗は目を輝かせながら段々を下りてきた。

夏之助には、なんにでも首を突っ込みたがるなんて言うくせに、早苗のほうがよほど物見高い。

「これなんだけど」

「手紙？」

「まあ、読んでみな」

早苗はうなずいて、一枚だけの短い手紙に目を落とした。

文字をたどる眼差《まなざ》しを見ながら、

——こいつって、ほんと、賢そうだな。

と、夏之助は思った。

良三郎《りょうざぶろう》の命を助けたくば、
五百両をできるだけ小さな木箱に音のせぬように入れ、
赤い風呂敷《ふろしき》に包んで、
ご当主が一人で万年橋《まんねんばし》の上に持参せよ。

金を確かめ次第、良三郎は解放する。

「かどわかしの脅迫状みたい」

早苗は夏之助の目を見て言った。

「どう読んでも脅迫状だろう」

「でも、本物なのかな？」

「どういう意味だよ」

「ほんとにかどわかしがあったのかなってこと」

「ああ、そうか。書いたけど、出さなかったとか？」

「あるいは、ただの遊びみたいに書いたのかもしれないよ」

「そうか」

夏之助はじっとこの書きつけを見つめて、

「下手な字ではないよな？」

「上手だよ」

「誤字もないよな？」

夏之助は自信なさそうに訊《き》いた。

「うん、ないね」

早苗のほうが字をたくさん知っているのだ。

「子どもの悪戯《いたずら》ではないと思うんだ」

「大人の字だよね」

「大人でもつまらない悪戯をする人はいるが、これは違う気がするな」

文のわきのほうには、違う濃さの墨で、いくつか書き込みもある。「舟」「弓」、ちょっと離れたところにある「あおい」の三つの言葉。

早苗はそれらを指差し、

「こっちは、かどわかされたほうが書いたのかもしれないね」

「そうだよ」

夏之助はうなずいた。

「良三郎という子は無事だったのかね」

「わからないな」

「ほんとにあったかどわかしなら、解決したのかどうか気になるね」

「気になるよ」

「奉行所で調べてもらったら、わかるんじゃないの？」

夏之助の父にはとてもそんなことは頼めない。だが、早苗の父なら応じてくれそうである。

「どうかな。町人の事件だったらわかるかもしれないけど」

「あ、そうか」

「五百両なんてお金が動いたかどわかしだったら、大事件だろう。町人なら、豪商あたりでないと払うことはできないよ。おいらは、言葉使いからしても、武士がらみの事件だった気がするなあ」

「ほんとだね。でも、いつのことなのかしら?」

早苗はそう言って、手を伸ばして夏之助の本を取った。

「『天文之異説《てんもんのいせつ》』……また天文学の本を買ったんだね」

夏之助は月だの星だのに興味があって、ときどきそれについての小難しそうな本を読んでいる。

「うん。これには凄《すご》い説が書いてあったからさ。この本自体が出たのは、たぶん十五年前くらいだと思う」

「そんな前のこと、どうしてわかるの?」

「この著者は有名なんだけど、おいらが生まれる前の年くらいに死んでるのさ。死んでから本が出せるわけないだろ」

「でも、買ったのもそのころとは限らないよね」

「そうだよな」

「ううん」

早苗は唸るような声を出すと、ふいに鼻を近づけ、くんくんと本の匂いを嗅いだ。

「匂いなんか嗅いだってわかるもんか」

「わかることだってあるかもしれないでしょ。この本の前の持ち主は誰だったのかなと思ったんだよ」

「そうか。それは本屋に訊けばわかるよ」

「訊きに行こうか」

「ああ」

夏之助は一度、大きく伸びをして立ち上がった。

二

「そういえば、早苗は、どこかに行く途中だったんじゃないのか?」

歩きながら夏之助は訊いた。

「瀬戸物町《せともの ちょう》に行こうと思ってたの」

「茶碗でも買うのか？」

日本橋近くにあるその町は、瀬戸物の問屋が軒《のき》を並べているのだ。

「茶碗にするかどうか、わからないよ」

「おつかいか？」

「違うの。ちょっとね」

なんでもしゃべる早苗が、言い渋った。

「なんだよ」

「あのね、今日か明日、家にお客さんが来るのよ」

「うん」

「若葉《わかば》姉さんの婿になる人みたい」

柳瀬家に男の子はいない。長男は三歳のときに亡くなってしまったらしい。

いまは三人姉妹で、八丁堀周辺でも美人三姉妹として知られている。姉妹は皆、二つ違いで、長女が若葉、次女が紅葉《もみじ》、そして三女が早苗だった。

「婿が……若葉さんていくつだっけ？」

「十八よ」

「お婿ねえ」

「うん。どんな人なんだろう?」

楽しみでもあるし、不安でもあるし、といった顔をした。

だが、婿をもらうというのは、夫婦になることを意味しているのではないか。夫婦になると、夜、いっしょに寝たりするはずである。それはつまり……。

夏之助は道場の友だちが持ってきた春画《しゅんが》を何枚か見せられたことがある。夫婦は皆、あんなことをするのだという。

「嘘だろう?」

と、夏之助は思わず訊いたものだ。

そこらの蓮《はす》っ葉《ぱ》な莫連娘《ばくれんむすめ》ならともかく、あのきれいでやさしそうな若葉さんも、あんなことをするというのか。

そして、早苗はそういうことも知りつつ、姉が婿をもらうのを楽しみにしているのだろうか。

——ううん。それは……。

夏之助はそっと早苗の横顔をうかがい、恥ずかしくなって目を逸《そ》らした。

「相手は、八丁堀の人だろ?」

夏之助は訊いた。

「違うみたいよ」

「え、違うんだ」

それは意外だった。

町奉行所の仕事は特殊である。よその世界からだと入り込めないところが多いらしい。だから、八丁堀の中で嫁をもらったり、婿を取ったりすることも多かった。

柳瀬家と伊岡家も遠い親戚《しんせき》にあたっている。

「洋二郎《ようじろう》叔父さんがああいう人だから、気の合う人だといいけど」

洋二郎とは、当主宋右衛門の歳の離れた弟である。一見、なにもせずぶらぶらしているみたいだが、じつは兄に頼まれ、巷《ちまた》を探ったりしているらしい。

「洋二郎さんは気難しいかなあ」

「気難しくはないけど、変わってるじゃない」

「うん。かなり変わってる」

自分でもそれを認め、夏之助にも変わっているほうが生きやすいといったような人生訓を語ったことがある。

「だから、洋二郎さんを嫌がるかもしれないよ」

「うん」

「そういう人だと嫌だな。あたしは、洋二郎叔父さんのことを好きになってくれるような人がいいよ」

「ふうん」

そこらのことは、夏之助にはよくわからない。

「それでね、もし縁談が決まったら、若葉姉さんにお祝いをあげたいなと思って、瀬戸物町になにか探しに行こうとしていたわけ」

「じゃあ、本屋のあと、そっちにも行かないとな」

「でも、今日はいいよ。まだ決まるかどうかわからないしね」

「ここ……」

夏之助は足を止めた。

八丁堀とは日本橋川を挟んだ対岸の、小網町《こあみちょう》三丁目。古本屋の〈枕石堂《ちんせきどう》〉は、村の外れの地蔵堂のようにうら寂しいたたずまいだった。建物は古び、積んである本が頑張ってくれているため、どうにか倒れずにいるみたいである。

「夏之助さん、こんな本屋さんに来てるの？」

「おかしいか？」

「ここ、堅い本ばっかりだから。あたしが読むような本はほとんど置いてないよ」

「確かに、女子どもの客は少ないな」

「やあね、大人ぶって」

腰高障子《こしだかしょうじ》は開けたままである。二人は中に入った。

「おや、さっきのお坊ちゃん」

あるじは眼鏡をかけて本を読んでいた。やさしそうな五十くらいの男である。

「はい。さっき買っていったこの本なのですが」

「もどすのは困るなあ」

「違うんです。いつごろ出回った本か、わかります？」

「出回った？」

「ええ。この著者は、たしか十何年前に亡くなっているんですよ」

「ちょっと貸してごらん」

あるじは本の後ろを見た。

「この本はこっちにもあったな」

と、もう一冊、同じ本を持ってきて、これもいちばん後ろを見て、

「この奥付《おくづけ》を見れば、いろんなことがわかるのさ。これは、十五年前に書かれ、すぐに相合版《あいあいばん》になっている。最初に出たのは坊ちゃんが買っていったもので、このあと版元が一人から二人に増えたんだよ」

「へえ」

「これはよく売れた本で、初版の分はすぐに無くなったはず。ということは、おそらく十五年前に買った本だろうな」

「やっぱりそうですか」

夏之助は、ほらねという顔で早苗を見た。

「でも、夏之助さん。買ってすぐ、この手紙のことが起きたとは限らないよ」

早苗は小声で言った。

「そうだよな」

と、夏之助はうなずき、

「それと、これは誰が持ち込んだ本かわかりますか?」

あるじに訊いた。

「わかるよ」

「教えてくれませんか?」

「どうしてだい？」

あるじは警戒するような顔をした。教えたくないらしい。

もっとも、古本にはしばしば前の持ち主の蔵書印が押されてあったりして、元の持ち主がわかることも多いのである。

「天文のことで気になる書き込みがあったんです。もしかしたら、それについて教えてもらえるかなと思って」

嘘をついた。

後ろめたいが、かどわかしのことは言えない。

「ああ、残念だがその望みはかなわないな。教えてくれる人は亡くなられたよ。向こうの浜町《はまちょう》に木戸《きど》さまというお旗本の屋敷があり、そのご隠居さまが最近亡くなられ、山ほどあった蔵書が売りに出されたのさ。凄い量の本で、あたしのところだけでは引き受けきれず、ほかに二軒の本屋が入ったくらいだったんだよ」

「そうだったのですか」

夏之助は、残念だけど諦《あきら》めます、というような顔をした。

「では、また」

ちらりと早苗を見ると、

「木戸さま……木戸良三郎……」

顔色が変わっていた。

三

古本屋を出て、夏之助はすぐ、早苗を振り返って訊いた。

「知ってる人かい、木戸良三郎って？」

「うん。さっき言ったでしょ。若葉姉さんのお婿さんになるかもしれない人だよ」

「え」

一瞬、呆然《ぼうぜん》とした。

「あたし、びっくりしたよ。こんなところで名前が出てきたから」

「そうなのか。ということは、この良三郎って人は生きているんだな」

「そうだよ。よかったね」

早苗は嬉《うれ》しそうに言った。

「よかった？」

「うん。夏之助さん、安心して、謎《なぞ》解《と》きを進められるじゃないの」

「そのつもりだったんじゃないの？」

「謎解き？」

「うん、まあな」

夏之助はあいまいにうなずいた。謎解きというよりは、このあと、どうなったのかを想像したかったのだ。

まさか、身近にいる人が当事者だとは思いもしなかった。

「それにしても、凄い偶然だな」

「なにか縁があるのかもしれないよ」

「うん。そういうことってたしかにあるよな」

亡くなったご隠居が、心残りになってしまったことを誰かに解き明かして欲しいと願っていたのかもしれない——夏之助はそんなふうにも思った。だが、そうだとしたら、ずいぶん荷が重い。

「家は浜町だと言ってたから、この裏のほうだよね」

早苗はそっちのほうを見た。

「うん」

夏之助がうなずくと、早苗はそっちのほうへと歩き出した。

「おい、家を知ってるのか？」

「知らないよ」

「だったら、わからないだろう？」

町人の長屋などと違って、武士の家は表札など出さない。だから、外から見ても
わかるわけがない。

「ちょっと歩くだけ」

大きな大名屋敷や、旗本の屋敷が並ぶ一画である。

八丁堀界隈《かいわい》より、さらに秋が深まっているように感じるのは、塀の上にはみ出た
木々の紅葉と、道に降り積もった落ち葉の多さのせいだろうか。落ち葉が溜《た》まった
あたりは柔らかそうで、ごろりとその上で横になりたいくらいだった。

「かどわかしっていうのは、金銭を受け取るのが難しいんですって」

早苗はきょろきょろ見回しながら言った。

「誰がそんなこと言ったの？」

「父上が言ってたよ」

「それなら確かな話だ」

「昔、父上が悪党から脅されたことがあったんだって。なんとか一味って盗賊を追

い詰めていたとき、柳瀬の娘をさらってやると言われたんだそうよ」

「へえ」

「結局、ただの脅しだったんだけど、うちではずいぶん心配して、いろいろ対策も練っていたんだって」

「そりゃそうだろうな」

「そんな話を思い出してしゃべっていたとき、父上がそう言ったの」

じつは、夏之助もあの手紙を読んでそれを考えていたのだ。橋の上まで金を持って来させて、それからどうするつもりだったのだろうと。

「これには、橋の上に来いと書いてあるよな」

「ねえ、夏之助さん。下手人たちは舟で来たんじゃないかしら」

大きなけやきの木が立っているところで早苗は立ち止まり、幹にもたれるようにして言った。

「舟でね」

「そう。この木戸良三郎さまを舟に乗せて、下の川をやって来たんだよ」

「それで？」

「舟の上で、無事な良三郎さまを見せ、金を下に落とせって言うの。もし、ほんとに五百両が入っていたら、岸につけ、良三郎さまを下ろしてから、舟は必死で逃げるの。橋の上にいた人たちは、慌てて舟を追おうとするけど、もう遅いよね。良三郎さまを助け、下手人たちを追いかけたが、もう足取りはまったくわからなくなっていた……と、こんなふうになるわけよ」

早苗は自慢げにそう言った。

だが、夏之助はちょっと申し訳ない顔をして、

「早苗には悪いんだけど、それって、誰でも考えるんじゃないかな」

「誰でも？」

「そうだよ。橋の上を金の受け渡し場所にした。そこへ、のこのこと良三郎さんの手を引いた下手人が現われるかな？」

「来ないか？　来ないよね。来るわけないよね。だったら、どうすると考えたら……そうか、すぐに舟を使う手口が思いつくよね」

「そうだろう。だから、舟の手口はこの木戸家の人たちも考えたんだと思うよ。それが、この書き込みなんだ」

小さな字で書かれた「舟」という字を指差した。そのわきには、「弓」と書いてある。明らかに別人の筆致である。

「木戸家が用意しておくということかな。舟と、弓を？」

「そうさ。相手が逃げようとしたときなどは、隠しておいた舟で追い、矢を射かけるつもりだったんだ」

「そうやって、良三郎さまを救い、五百両も取りもどし、下手人を捕まえることができたんじゃないの？」

「それだったらいいけどね」

　夏之助は遠い目をした。

「夏之助さんは、違うと思うんだね？」

「ああ。まず、五百両の入れ方を考えてみなよ。小さな木箱に音がしないように入れるんだぞ。それで、赤い風呂敷に包むんだ」

「そうだね」

「それって、橋の上から下に落とすのに、なにか役に立つか？」

「立たないね。木箱なんか受け取るとき痛いだけだし、赤い風呂敷も逃げるときに目立ってしまうし」

「だろう？　だから、違ったんだ。しかも、もし、そんなふうにうまく解決できていたら、この下手人からの手紙もお裁きのため証拠の品として提出されたりしてい

しまうと思うんだよ」
「うん。下手人が町人だったら町奉行所に、侍だったらお目付《めつけ》のもとにでもいって
「お裁きに?」
たんじゃないかな」

「あ、ほんとね」

「まだ、残っているということは、良三郎さんは無事に帰ったが、五百両はもどらず、下手人は捕まっていない」

「まあ」

「でも、おかしいんだ」

「なにが?」

「そうなったら、もう良三郎さんは取り返したのだから、安心して下手人を追ったりできるはずだ。そのときも、この手紙は手がかりになるはずだから、こんなふうに本に挟んでおくなんてことはありえないよ」

「そうだよね。ちゃんと手文庫や文箱《ふばこ》に入れて保管しておくよね」

「こんなふうに軽く挟んでおくなんてことは……ううん、わかんないなあ」

夏之助は腕組みして考え込んだ。

「訊いてみようか？」

と、早苗はいい案が浮かんだという調子で言った。

「誰に？」

「当人に」

「早苗の家に来たときか？」

夏之助は呆《あき》れた顔をした。若葉の大事な婿取りの話の場で、そんなことを訊けるのだろうか。

「ううん。もっと、早くに。ほら、いま、その門から出てきた人」

「え」

「たぶん、あの人だよ」

早苗はそう言ったときには、もう歩き出していた。

四

若い男が前を歩いている。

「なんで、あの人だってわかるんだよ？」

夏之助は訊いた。

「木戸家は八百石の家柄とは聞いていたの。あのあたりで八百石の家格の門は、あそこだけだったわ」

「そうか」

旗本や御家人の家の格は、門構えで見当がつく。

「それにあの人は家来もなしに気楽な恰好《かっこう》で歩いている。どう見ても、旗本の当主とか嫡男じゃないと思うの」

「なるほど」

やっぱり早苗はたいしたものだと思う。

男は足早に北のほうへどんどん進む。二人も小走りに追ったが、なかなか追いつかず、

「あのう」

と、早苗が声をかけた。

「ん？」

足が止まった。

「木戸良三郎さまですか？」

「そうだが。どなたかな？」

振り向いた男は、二十三、四といったところか。色が黒く、がっちりした身体つきで、刀を差していなければ、船頭《せんどう》とか駕籠《かご》屋に見えたかもしれない。だが、表情は穏やかで、武張《ぶば》ったようすもない。

「わたしは、柳瀬若葉の妹で、早苗と申します」

「お、これはまた、驚いたな」

目を丸くした。

柳瀬家の洋二郎ほど滑稽味《こっけいみ》はないが、なんとなくやさしそうな人である。

「いま、お急ぎですか？」

「いや。なぜ？」

「おうかがいしたいことがあって」

「かまわないよ。ただ、急ぎではないが、用事はある。じつは明日、お宅を訪ねることになっているよな」

「明日でしたか」

「若い娘御が三人おられるというので、なにかよい手みやげでもないか、探しに行こうと思ったのさ。ちょうどよい。人形町《にんぎょうちょう》あたりに付き合ってくれぬか？」

「はい。喜んで」

早苗は夏之助に手のひらを向けるようにして、

「隣の家の伊岡夏之助さんです」

「こんにちは」

「やあ、どうも」

三人で歩き出した。木戸良三郎は、さっきよりずいぶん歩く速さをゆっくりにしてくれている。

「いきなり変なことを訊いちゃいますね」

早苗は言った。

「うん」

「良三郎さまは子どものころ、かどわかしに遭《あ》ったことがありますか？」

「どうしてそれを？」

かなり驚いたらしく、良三郎は足を止めた。

「これ。夏之助さんが古本を買ったら、中に挟まっていたんです」

早苗は夏之助の手からその手紙を受け取り、良三郎に渡した。

良三郎はさっと読み、

「こんなものがあったのか……」

しばらく呆然とした。

「ご存じなかったのですか？」

と、夏之助が訊いた。

「ああ、初めて見たよ」

「皆、この手紙のことなど忘れていたのですか？」

「うむ。忘れていたというより、なにか奇妙なんだ」

良三郎は微妙な顔をした。

早苗や夏之助に言っていいものか迷ったふうである。

「奇妙？」

「うん。それについては家中で忘れようとしていたみたいだった」

「そうなんですか」

「この手紙は、亡くなった祖父が取っておいて、そのままになったのだな。まったく本を処分する前にわたしに見せてくれたらいいのに。わたしに見せたら、どれもこれも捨てるのは嫌だなどと言い出して、いつまでも処分できなくなると思ったのだろうな」

木戸良三郎は苦笑した。

「良三郎さまはおいくつだったのですか？」

夏之助はさらに訊いた。

「わたしが八歳のときだった。いま、思い出しても、背筋が冷たくなるよ」

「八歳のときというと？」

「十五年前だね」

あの本が出たばかりのころである。

「このご当主というのは？」

「最近亡くなった祖父が、まだ当主だったはずだよ」

「お祖父《じい》さまはそのころおいくつだったのでしょう？」

「祖父は長生きで、八十二で亡くなった。十五年前だから六十七か。このあと、すぐに隠居したのではないかな」

「それくらいだと、下手人を走って追いかけたりするのは大変ですよね」

「そうだな」

それもあって、当主を指定したのだろう。

「でも、無事でよかったですね」

早苗が本当に心配したというように言った。

「うん、まあね」

「では、五百両は払ったのですか？」

夏之助が訊いた。

「あいにくだが、その問いには答えられないな」

「答えられない？」

「じつは、わたし自身、知らされていなかったんだ。五百両などという額も、いま初めて知ったよ」

「そうなんですか」

子どもには聞かせまいとしたのだろう。

「下手人はどうなったのですか？」

早苗が訊いた。

「わからずじまいさ」

「まあ」

「でも、この手紙だけから、いろんなことが想像できますよね」

と、夏之助が言った。

「これだと、誰だって、おそらく下手人は下の川に舟でやって来て、良三郎さまを返し、金を受け取って逃げる計画だろうと思いますよね」

「そうかい？」

「……」

「下手人もそう思わせようとしたのではないでしょうか？」

「ほう」

良三郎は感心したように夏之助を見た。

「木戸さまのご家来なども皆、川のほうで待ち構えたはずです。舟を用意し、弓矢を隠し持って」

「凄いね」

「でも、裏をかかれたのではないでしょうか？」

「どうなったと思う？」

良三郎は訊いた。

「ちょっと考えてもいいですか？」

「もちろんだよ」

良三郎は人形町の通り沿いの小間物屋の前で立ち止まり、

「ここを見てみよう」

と、早苗に声をかけた。

「はい」

早苗は嬉しそうにあとにつづいたが、夏之助だけは入らず、外で待つことにした。

「三姉妹なんだろ。かんざしでもお土産にしようかなとか思ったんだけど、女たらしみたいに思われたら嫌だしな」

「まあ」

早苗は楽しそうである。

夏之助はそんなようすを見ながら考える。

まず、木戸家の家来たちはほとんど、川のほうに待機していたのだろう。

その裏をかいて、下手人は橋の上に現われたのではないか。

いや——。

たぶん、下手人は直接、顔を出さない。なにも知らないやつが伝言を持って来る。

それでご当主をその場から動かしてしまう。

川にいたほうは焦っただろう。

五百両を持ったお祖父さんは、そのあとどうしたか……。

しばらくして、良三郎と早苗が小間物屋から出てきた。

なにも手にしていない。かんざしはやめたらしい。

「どうだい？」

「まだ途中ですが、わたしはやっぱり川ではなく、橋の上に伝言を持ったやつが来たと思うんです」

「ほう」

「それでお祖父さまはそこから動いた」

「ふむ」

「カギは赤い風呂敷包みだと思うんです」

夏之助がそう言うと、早苗が、

「そうだよね。目立つもんね」

と、言った。

「でも、女の人だったら、赤い風呂敷包みを持っていても目立たないよな」

「ほんとだ」

早苗が目を瞠《みは》った。

「な」

「女の人に渡したんですね？」

そう言って、早苗は良三郎の顔を見た。

良三郎は硬い顔になっている。

――当たったんだ。

と、夏之助は思った。

すこし歩いて、良三郎はまた、立ち止まった。

「早苗さん、甘いものはどうかな？」

「家の者は皆、大好きですよ」

二人は菓子屋に入った。

夏之助はまた外で待ち、さっきのつづきを考えた。

手紙の左の隅に、別の書き込みがあった。

これもたぶんお祖父さんの字だろう。だが、墨の色が違っている。そっちは別のときに書いたのではないか。それは、

「あおい」

という字である。

あおいとはなんだろう。「青い」か。

風呂敷は赤。なにかが青かったのか。

青みがかった黒毛の馬を、「青」と呼んだりする。逃走用に馬がいたのか。だが、江戸市中を馬で走って逃げるなんてことはできるわけがない。

――まさか。

思いがけない字が浮かんだ。それは「葵」の文字。

葵のご紋。女の人。頭に思い浮かべる。葵のご紋が入った提灯《ちょうちん》? 駕籠? そして お女中?

静々《しずしず》と進む行列が思い浮かんだ。その行列の女の人に風呂敷包みを預けた……。

それだったら、声をかけることすらはばかられるだろう。

二人が菓子屋から出て来た。良三郎は、菓子箱のような包みを持っていた。

「どうだい、さらになにかわかったかい?」

良三郎に訊かれて、夏之助は言った。

「万年橋に行ってみたくなりました」

五

三人は、深川の万年橋にやって来た。

下を流れるのは小名木川《おなぎ》である。おもに荷舟が行き来している。

弓のように大きく湾曲した万年橋が架かっているのは、大川から入ってすぐのあたりである。


いったん橋の上に立ち、木戸良三郎は欄干《らんかん》に頰杖《ほおづえ》をついて、川の流れを見つめた。

嫌な思い出をたどるために来たはずなのに、良三郎はどこか懐かしげな表情をした。

「かどわかされたあと、どこかに閉じ込められていたんですか？」

と、夏之助は訊いた。

「ああ、どこかの二階家で、階段の下の押入れみたいなところに入れられたよ」

「怖かったでしょう？」

早苗が言った。

「そりゃあ、怖かったさ。だが、武士の子は、怖がったりしてはいけないのだと、必死でこらえたものだったよ」

「ああ」

夏之助もその気持ちはよくわかった。

於満稲荷《おまんいなり》のわきの二階家に捕まって、早苗とともに怖い思いをしたのは、ついひと月ほど前である。

「でも、泣きっぱなしだったな」

　良三郎はそう言って笑った。

　粋がったりもしない、気取りのない人柄だというのはわかった。この人なら柳瀬洋二郎とも仲良くやっていけるだろう。

「一晩置かれたんですか？」

「いや、二晩だったな」

「そうですね」

　早苗はうなずいて、

「五百両という大金を準備させるのにも、それくらい必要かも」

　夏之助が思いもしなかったことを言った。そういえば、早苗は夏之助が苦手なお金の勘定も得意だった。

「場所はわかったのですか？」

　夏之助は訊いた。

「わからなかったね。さらわれてすぐ、猿ぐつわをされ、駕籠に乗せられていたんだ」

「出るときは？」

「真っ暗いうちに外へ出され、船に乗せられたよ。船頭はそこらの流しの舟だったから、事情はなにもわからなかっただろうな」

「でも、隠れ家は水辺には近いところですね」

「そうだな。それと、大川を上流から斜めに渡ってこっちに来たので、おそらく薬研堀《やげんぼり》の周辺だっただろうな」

「ああ、なるほど」

そこまでわかっても、下手人に迫ることはできなかったのだろうか。

「ここは両脇が河岸にはなっていませんね」

夏之助は、万年橋の下を見ながら言った。

「そうなんだよ」

「しかも、ここでは、いざ上でなにかあっても、すぐには上がって来られませんね」

「そうだな」

「木戸家の人たちは、どのあたりに待機していたのですか？」

「どっちに逃げるかわからないので、小名木川の上流に一艘《そう》、さらに大川の上流と下流に一艘ずつだったらしいな」

「三艘も待機していたんですね」

「ああ」

夏之助は橋を下り、歩き出した。良三郎と早苗もついて来る。

「そっちに大きな寺がありますね」

額が掲げてあり、〈深寿山誓運寺《しんじゆざんせいうんじ》〉とある。

「うん」

「高貴な方が参詣《さんけい》にやって来たりもするのではないですか?」

「……」

「あおいと書いてあるのは、葵のご紋のことではないですよね?」

「……」

良三郎は答えない。

「ねえ、夏之助さん。凄いことを考えてない?」

「うん」

「上さまの行列のこと?」

「違うよ。見たことがあるんだ。葵のご紋が入った駕籠だけど、付き添っている数はそれほど多くないんだ。近くにいた人に訊いたら、大奥の御台《みだい》さまの代参《だいさん》というものので、代わりにお女中の偉い人が駕籠に乗っているらしいんだ」

「へえ、そういうのがあるんだ」

「それで、その行列に付き添っていたお女中に風呂敷包みを渡したとするよ」

「うん」

「声をかけられるかなって思ったんだ」

「かけられないかもね」

そこまでの話を聞いて、

「驚いたなあ」

と、木戸良三郎は言った。

「夏之助は、まさか連中の仲間じゃないよな？」

「そんなわけありませんよ」

「そこまで解くかね」

「当たっているんですか？」

と、早苗が訊いた。

「ああ、たぶんな」

良三郎はうなずいて、

「はっきり聞いたわけではないよ。だが、断片的に聞いていた話や、うろ憶《おぼ》えの状況などはすべて符合しているね」

「下手人を追うのもやめてしまったんですよね」

「そうなんだ」

「諦めてしまったのですか？」

「なにせ、あのご紋に関わることだぞ」

「でも、贋物《にせもの》かもしれないのに」

「そうなのだが」

うかつに手が出せなかったのだろう。あるいは、本物だというのは確認できたのかもしれない。

寺の門のところで、若いお坊さんが落ち葉を掃《は》きはじめていた。

夏之助は近づいていって、

「ちょっとお訊きしますが、このお寺には大奥からの参詣があるとうかがったのですが？」

と、声をかけた。

「ああ、それはずいぶん前のことだろう。なんでもご側室のお父上のお墓があったらしい。でも、いまはないよ」

「ずいぶん前というと？」

「わたしがこの寺に来る前だから、十年以上前のことだろうね」

「ありがとうございました」

夏之助は頭を下げ、また良三郎と早苗のいるところにもどった。

「じゃあ、夏之助さんは、大奥に下手人がいたと？」

と、早苗が訊いた。

「違うよ。そんなことするわけないだろ。たぶん、この寺に大奥の代参があるのを知っていた人のしわざだ」

「うん」

「それで、行列の途中でお女中に赤い風呂敷に包まれた木箱が手渡されることになっていたのかもしれないな」

「ほんとは別のものなんだね？」

「そう。それは、五百両と同じくらい重いものでなくちゃならない」

「五百両と？」

早苗だって、そんな金額は持ったことがない。

「もしかしたら仏像のようなものかも」

「あ、ほんと」

「その寺に届けることになっていたのが、間に合わなかった。それで、行列の途中で渡すことにしてあった」

「木戸家のお祖父さんは、そうとは知らず、身代金のつもりで渡したんだね」

「そうだろうな」

「五百両はどうなってしまうの？」

「寺の中にはすでに、赤い風呂敷に包んだ仏像が届いていて、それとさりげなく交換すればいいのさ」

「まあ」

「万が一、木戸家の人たちに訊かれても、お女中たちは五百両のことなどなにも知らない。知らないと言われたら、それ以上、問い詰めることはできない」

「もう、良三郎さまは無事にもどっていたのかしら？」

「それはご当人に」

と、夏之助は良三郎を見た。

「もどっていたよ」

良三郎はうなずいた。

「お祖父さんが最初に伝言を受け取るあたりで、舟が近づいて来たのでしょうね。家の人たちは、お祖父さまのあとは追いたいわ、良三郎さまの無事は確かめたいわで、かなりあたふたしたはずですよ」

夏之助は自信ありげに言った。

「どの機会をうかがったのか、自分ではわからないのだが、この門のあたりで祖父に抱きついた憶えがあるよ」

「ここで、十五年前にね」

夏之助たちは、妙に感慨深げに足元の地面を見た。風が吹いて、落ち葉がさらさらと流れている。十五年前といったら、まだ夏之助も早苗もこの世に生まれていないのだ。遥か、遠い昔のこと――。

「たぶん、謎のかなりのところは解けた気がするよ。あとで、祖父の霊前に報告しておこう」

良三郎は晴れ晴れとした顔で言った。

「でも、お祖父さまも、ここまではわかっていたのでは？」

夏之助は言った。

「いや。仏像の代わりだったとかは考えもしなかっただろう。葵のご紋に恐れをなし、引き下がってしまったんだよ」

「すっかり諦めちゃったんでしょうか?」

「ずっと諦めていたのではないかな。ところが、最近、事情が変わった」

良三郎はそう言って、にやりとした。

「どうなったのです?」

と、早苗が訊いた。

「じつは、最近うちの父と柳瀬さまがいろいろ話すことがあり、十五年前のその件についても話が出たらしい」

「そうなんですか」

「もしかしたら、柳瀬さまが新たに動いてくれるかもしれないのさ」

「へえ」

早苗は嬉しそうに夏之助を見た。

六

早苗が家に帰り、姉たちといっしょに夕餉《ゆうげ》のしたくをしていると、父の宋右衛門がもどって来た。

父はすぐには中に入らず、まず井戸のほうにまわって、顔と手を洗う。このときは、紅葉が手伝うことになっている。

それから、中に入ると、刀を若葉に預ける。そして、着替えをする。脱いだ羽織や着物を畳むのが、早苗の役目だった。

「芳野《よしの》」

と、父は着替えを手伝う母に言った。

「はい」

「明日、木戸さまのところの良三郎どのが来られる予定は、なしにした」

「そうなのですか」

母はすこしがっかりした声で言った。

「南の筆頭与力である丹波美濃助《たんばみのすけ》どのがな、ご次男を養子にもらってくれぬかと言ってきたのだ」

「丹波さまが」

「即座に断わろうと思ったが、うちのお奉行からも勧められた。どうも、根回しまでしてしまったらしい」

「まあ」

「正直、わしは気が進まぬ。だが、無下《むげ》にもできぬ。とりあえず木戸家には使いを出し、事情があって、明日の予定は解消してくれるよう頼んだ。丹波さまのほうはどうするか、頭の痛いことだ」

早苗はそんなやりとりを隣の部屋で聞いた。

良三郎の話では、早苗の父が昔のかどわかしについて新たに調べ直すようなことになったらしい。そのことはどうなってしまうのだろう。

それと、うちに持って来ることになっていたあのおいしそうなお饅頭《まんじゅう》は、どうなってしまうのだろう。

早苗は、そんなことまで思ってしまった。

翌日——。

夏之助と早苗は、お城の大手門の近くに行ってみた。

「大奥の代参とはどんなものなのか、見てみたいな」

と、夏之助が言ったからだった。

門の前は、主人の送り迎えに来た家来たちで混雑しているので、大名屋敷の塀のあたりまで下がり、壁にもたれるようにして眺めた。

いろんな行列が出入りしている。

葵の紋の駕籠もあったが、それが大奥のものなのかはわからない。

「葵のご紋て、よく見ると、いろいろあるんだよね」

と、早苗が言った。

「そうらしいな」

聞いたことはあるが、夏之助にはあまり区別がつかない。

行き来する行列を見ながら、早苗は木戸良三郎が来なくなってしまったことを告げた。

「じゃあ、婿入りの話もなしに？」

「それはまだ、わからないの」

「ふうん」

「南町奉行所の与力のお家からも申し出があったみたい」

「若葉さん、引く手あまたなんだな」

「そうみたい」

「羨《うらや》ましい？」

「そんなことないよ」

「そうかなあ」

夏之助は意地悪そうに笑った。

その夏之助の顔が、行列を見ているうち、だんだん暗い顔になってきた。

「どうしたの、夏之助さん？」

「うん。上さまがお城から出るとき、奉行所からも警護のために人が駆り出されたりするんだよな？」

「ああ、そうだね」

「それくらいだから、大奥の御用のときも、奉行所の者が出張ったりすることもあるのかな？」

「あるかもしれないね。でも、それが？」

「いや……」

なんの根拠があるわけではない。

だが、もしかしたら十五年前の木戸家のかどわかしに、八丁堀の人がからんでいたりしたのではないか。あまりにも、かどわかしのことを知りつくした人のしわざに思えてしまう——夏之助は、そんなことを考えていたのだった。

第二章　おかしな習いごと

一

柳瀬家の朝餉《あさげ》の席は賑《にぎ》やかである。

なにせ人数が多い。あるじに妻、三人姉妹に、あるじの弟の洋二郎。そして、居間につながった台所では、家来の三人と手伝いの婆《ばあ》やもいっしょに食事をする。

加えて、あるじの宋右衛門は鷹揚《おうよう》な人柄で、

「飯は静かに食え」

などとは言ったことがないから、三人姉妹はほとんどしゃべりっぱなしみたいなものである。

早苗はこの朝餉の席が大好きで、ずっとつづいて欲しいと願っている。もし、嫁

に行ったとしても、朝はいつもここにもどって来て、お膳《ぜん》を並べたい。

あまりにも賑やかなので、その声は隣の伊岡家にまで聞こえたりするらしい。あいだには広い庭があり、塀もあるというのに、ときどき夏之助から、

「今朝、ずいぶん騒いでいたよな？」

なんて訊《き》かれるときもあったりする。

今日の話は大騒ぎといったほどではなかった。だが、なんとなく皆が難しい宿題を渡されたような気持ちになった。

その原因になったのは、早苗のすぐ上の姉の紅葉が言い出した友だちの話である。

「あのね、友だちのお千代《ちよ》ちゃんが、知り合いの若旦那《わかだんな》に変なことを言われたんだって」

「変なこと？」

皆がいっせいに紅葉を見た。

この注目されるときの、頰《ほお》に視線がぷつぷつ当たるような感じが堪《たま》らないのだ。早苗などはこの視線を感じたくて、毎晩、明日の朝餉の席で話すことはないかと考えるくらいだった。

「お千代ちゃんが、若旦那に三味線《しゃみせん》を教えてくれって言われたの。でもね、お千代

ちゃんは三味線なんて弾けないのよ」

と、紅葉は台所のほうまで、聞いているかというように眺め、

「もちろん、お千代ちゃんは、わたしは三味線なんか弾けませんと断わったわよ。教えられるわけがないんだから」

「……」

皆も、それはそうだとうなずいた。

「ところがね、その若旦那はこう言ったんだって——師匠について習ってくれ。それで、わたしに教えて欲しいんだ。習うための謝礼と、わたしがあなたに払う謝礼と合わせて、月に一両、上げるから——ってね」

「へえ」

と、早苗は言った。ほかの皆もそれは変だというようにうなずいている。

「おかしな話でしょ？」

紅葉は皆を見回した。

「お師匠さんにちょっかいを出して、教えてもらえなくなっただけじゃないのか」

あるじの宋右衛門がそう言うと、

「でも、お前さま、それならほかのお師匠さまのところに行けばいいだけでしょ。

三味線のお師匠さんなんて掃いて捨てるほどいますよ」

　妻の芳野が微笑《ほほえ》んだ。

「ほんとだ。おかしな話ね」

　長女の若葉がのんきな口調で言った。

「ふっふっふ。そんなこともわからないのかな」

　洋二郎が箸《はし》を動かす手を止めて笑った。

「洋二郎叔父さんはわかるの？」

　紅葉は疑っている。

「わかるさ。お千代ちゃんってここにも何度か来たことのある子だろ？　笑うと目《め》尻《じり》が下がる？」

「そう」

「それで頼んだのは男だろ？」

「そうよ」

「ほぉら。それは、そいつがお千代ちゃんに気があるからだよ。教えられながら、なんとか口説《くど》き落とそうって魂胆《こんたん》さ。お千代ちゃんて、あれでなかなか男に好かれる顔をしてるからな」

「やあね、洋二郎叔父さん、にたにたして」

「にたにた？　そんな顔はしていないよ」

「してたよ」

紅葉は澄ました顔で言った。

「でも、それはあるかもね」

長女の若葉がうなずくと、

「間違いないって」

洋二郎はますます自信ありげな顔になった。

「あたし、あの二人はそんな間柄にはならないと思う。だから、ほかに理由があるんだよ」

紅葉は自信ありげにそう言った。

「それで、どうなったの？」

と、早苗が訊いた。

「まだ、返事はしていないの。でも、断わるなんて勿体《もったい》ないでしょ。そのときは、あたしが引き受けるって言ったの」

紅葉がそう言うと、

「おいおい」

「駄目だよ」

「やめておきなさいよ」

家族中から反対の声が上がった。

「三味線を教えたり教えられたりでは、差し向かいになるだろう。それは、相手にとってもよくないな。とくに紅葉ちゃんのような美人は」

と、洋二郎は家族を代表するような口調で言った。

とにかく紅葉の美貌《びぼう》というのは、美人三姉妹の中でも際立っていて、町を歩けば男たちが次々に振り返るほどなのだ。

「そんなの、大丈夫だよ。あたしが教えるときは、この家で教えるようにすればいいだけでしょ」

「呆れたな」

「でも、駄目。お千代ちゃんは若旦那から絶対ないしょにしてくれと言われているから、あたしに相談したとは言えないの」

「まったく、紅葉ちゃんも危なっかしいなあ」

と、洋二郎は心配そうに言った。

「それでどうなったの？」

早苗が訊いた。

「お千代ちゃんは迷ってるみたい」

「そりゃあ、おかしな話だもの」

「洋二郎さんの推測以外になにかあるかな」

母や姉が考えているので、

「あたしは、なんとなくわかりそうな気がする」

と、早苗は言った。

「なんであんたがわかるの？」

「勘が働きそう」

早苗がそう言うと、

「うむ。早苗は捕物の才があるからな」

宋右衛門は言った。

「早苗が男だったらよかったんだよね」

紅葉は焼《や》き餅《もち》を焼いたみたいに言った。

「でも、女だって、捕物の仕事をするときが来るかもしれないでしょ」

早苗がちょっとふてた顔をすると、

「じゃ、わかったら、教えなさい」

紅葉が命令するように言って、とりあえずこの話は終わったのだった。

二

「ね、どう思う?」

早苗は夏之助に訊いた。

ここは茅場町《かやばちよう》稲荷の境内《けいだい》である。

何日か前に来たときより、木々がすかすかしている気がする。下に積もった落葉の量からして、当然のことだろう。

早苗は、夏之助が学問所からの帰りにいつもこの前を通るのを知っていて、待ち伏せたのだ。もちろん、朝餉の席で出た話を相談するためである。

「うん。変な話だな」

寒そうに身を縮こまらせたまま、夏之助は言った。

そう言えば、寒い冬は苦手だと、毎年、言っていた気がする。名前が夏之助だからと。今年もそれを言うのだろうか。

「でも、なんとか謎を解いて、紅葉姉さんをぎゃふんと言わせたいんだよ」

「ふうん」

「どうすればいい？」

「おいら、どっちも知らないしな」

「頼んだのは、尾張町《おわりちょう》の高麗屋《こうらい》っていう白粉屋《おしろい》の若旦那だって」

「若旦那か」

「頼まれたお千代ちゃんは、南伝馬町《みなみてんまちょう》の樽《たる》問屋の娘。遠い親戚同士で、母親同士も仲がいいから、昔からの知り合いみたいよ」

「洋二郎さんの、口説き落とすためっていうのは的《まと》外れなの？」

「紅葉姉さんが言うには、あの二人はそんな間柄にはならないって。紅葉姉さんて、そういうことは得意だから、当たってる気がする」

「そういうことが得意って？」

「誰かが誰かを好きだとか、付き合ってもたぶんうまくいかないとか、そういうの見破るのがうまいんだよ。占い師みたいなの。それで、高麗屋の若旦那が、お千代ちゃんを好きなふうには見えないんだと思うよ」

「へえ」

「あたしも言われたことがある」

「なにを？」

「それは言いたくない」

じつは、「あんた、お隣の夏之助のことが好きなんだね」と言われた。「夏之助も、あんたほどじゃないけど、好きみたいね」とも言った。その先、どうなるかを聞きたかったのだが、紅葉はそれについてはなにも言わなかった。

「……」

夏之助は強《し》いて訊こうともしない。

「知りたい？」

「いや、別に」

夏之助は肩を縮こまらせて身震いをつづけている。

「ねえ、寒いの？」

「腹が減ってるし」

「お昼、食べてないの？」

「弁当を玄関に忘れて出た」

情けない顔で言った。

「馬鹿《ばか》ねえ」

「うん」

「焼き芋、もらってあげようか？」

「焼き芋？」

「ほら、あそこで焼いてるでしょ」

神官が落葉焚《た》きをしていて、そこに薩摩《さつま》芋を入れているらしい。かすかにいい匂《にお》いも流れてくる。

「くれるわけないだろ」

夏之助は鼻で笑った。

「ちょっと待ってて」

早苗は神官のほうへ微笑みながら近づき、

「あの」

「どうしたい？」

「いつもここでお参りしてる者ですが」

「ここは霊験あらたかだろ」

「ほんとですね。ところで、友だちがいま、お腹《なか》がぺこぺこなんですよ。あとで、お賽銭《さいせん》を十文入れておきますので、焼き芋をひとつ、いただけませんか？」

「なるほど。お賽銭をね」

神官は微笑んだ。

「銭に赤い糸を結んでおきます。ちゃんと約束を守ったとわかるように」

「面白いお嬢さんだね。じゃあ、神さまが十文で二つあげるとおっしゃったようだから、二つ持って行きなさい」

神官は燃えている落ち葉の中から、こんがり焼けた大きめの芋を二つ、取り出し、枯れ枝に差して、手渡してくれた。

「ほら。いただいちゃった」

そう言って持ち帰ると、夏之助は唖然《あぜん》として、

「お前。そりゃ、図々《ずうずう》し過ぎないか」

と、言った。

「大丈夫。ちゃんと神さまにお礼をしておくから。それより食べよう」

二人はふうふう言いながら、焼き芋に齧《かじ》りついた。

「おいしいね」

「ああ」

「落ち葉で焼くとおいしくなるのかな」

「なんで？」

「わかんないけど」

「なんだよ」

「秋の力」

早苗はそういうのってあるような気がする。高い空の青さ、落ち葉の赤や黄色の鮮やかさ、澄んだ空気とひんやりした風。そういった諸々《もろもろ》が、焼き芋に染み込んでいる。だから、炭で焼いたりするよりおいしい。

「ああ、うん」

夏之助も賛同したらしい。

「ねえ」

「なに？」

「さっきの話だけど、二人を見ればどういうことか想像がつきそう？」

「三味線のことが？」

「うん」

「かならずわかるわけでもないだろうけど、見ればわかることもあるさ」

「いいわ。見に行きましょ」

ちょうど焼き芋も食べ終わった。

まずは、尾張町の高麗屋に向かうことにした。お千代の家がある南伝馬町はその途中だが、お千代が店に出たりすることはない。そっちは帰りに裏からのぞくことにした。

「どうせなら大通りを行こうよ」

と、早苗が言うので、まずは日本橋のたもとに出た。

それから大通りを、南にまっすぐ歩いた。

さまざまな職種の店がずらりと軒を並べている。間口十間《まぐちじっけん》を超す大店《おおだな》も少なくない。

早苗がまた、いろんな店のことをよく知っている。

〈植《うえ》むら〉というそば屋を指差し、

「ここのおそば屋さんはね、秋になると菊の花びらをもみ込んだそばを出すんだよ」

「菊人形みたいだな」

「でも、いい香りがしておいしいんだって」

すこし行くと、

「この豆屋の南京糖《なんきんとう》も食べたことあるよ」

「おいしいの？」

「すごくおいしいよ。そういえば、木戸さまからいただくことになっていたお饅頭、食べたかったなあ」

知っているのは食べもの屋が多いが、

「この線香屋の、深山香《みやまこう》というのは、南蛮の香料を使っていて、すごくいい匂いがするんだよ」

と、意外な店も知っていたりする。

「お前、なんで線香のことまで知ってんだよ」

「友だちがお使いに行くっていうから、ついてきたんだよ」

早苗が話しているとき、道の反対側に夏之助の父がいるのが見えた。新両替町《しんりようがえちよう》に入ったあたりだった。

どうも、誰かに誘われているみたいである。相手は町人である。

袖《そで》を引かれた。町人が指差しているのは、うなぎ屋らしい。

父は怒ったような顔をして、その手を払った。

「あ、あそこにいるの、お父上じゃない？」

早苗は気がついて言った。

「うん、見るなよ」

「どうして？」

「見てると、向こうも気づくだろ」

「いいじゃない」

「こんなところを歩いているのを見られたら、おいらは怒られるんだぞ」

じっさい、今日の剣術の稽古《けいこ》は怠けることになるだろう。

「あ、そうか」

早苗も、夏之助が家でしょっちゅう叱《しか》られているのはわかっている。ときどきかわいそうになってしまうくらいである。

新両替町を足早に通り抜け、尾張町の〈高麗屋〉の前に来た。

三

たいそう流行《はや》っている白粉屋だった。

間口七、八間ほどもある店の前がごった返している。店の者が七、八人で、愛想を振りまきながら客の相手をしていた。

「若旦那ってどの人だろう？」

と、早苗は中をのぞきながら言った。

「なんだよ、知らないのか？」

「知らないよ。あ、その人かな」

声を低めた。

茶の小紋に黒い羽織という粋な着こなしの若い男が中から出てきて、通りの前後に目をやりながら店の前に立った。

顔立ちはこぢんまりした感じだが、色が白く、湯上りみたいにさっぱりしている。背はあまり高くない。だが、俊敏な感じがする。

ちょうどやって来た、芸者らしき二人づれが、

「若旦那、辰右衛門《たつえもん》さん」

と、声をかけた。

やはりそうだった。

「よう。菊江《きくえ》と花江《はなえ》じゃないか。おそろいでどうしたい？」

「どうしたのはないでしょ。白粉、買いに来てやったんじゃないのさ」

「白粉！　あ」

「なによ」

「あんたたちがつけるような、黒っぽい白粉は置いてたかなあ」

「やあね」

「そば粉ならあったかも」

「ほんと失礼しちゃう」

「でも、まあ、特別にすごくいいやつを調合してあげるから、番頭に相談しなよ」

「はぁい。そういや若旦那、聞いたわよ」

「なにを？」

「一の家《や》の珠子《たまこ》姐《ねえ》さんにご執心だって」

「誰が言ったんだ、そんなこと」

「あ、むきになってる。怪しい」

「そんなことない」

「珠子姐さんには、大物の旦那がついてるから無理だと思うよ」

「え」

若旦那の顔が一瞬、歪《ゆが》んだみたいに見えたが、すぐに笑顔を取りもどし、二人のお尻をぱしぱしと叩《たた》いた。

「やぁだあ」

芸者衆は嬉しそうに店の中に入って行った。

「女の人の扱いに慣れてるって感じだよな」

夏之助は小声で言った。

照れたりするようすは微塵《みじん》もなかった。まだ二十二、三くらいの感じなのに、よほど芸者遊びなどもしているのだろうか。

夏之助にはまったく縁のない世界である。

「でも、恰好もつけてるよね」

早苗が言った。

「うん、そうだな」

夏之助は、うなずきながら、

――それかな。

と、思った。つまり、みっともないことをしたくないのではないか。

習うということには、ずいぶん恥ずかしい思いもつきまとう。

夏之助の剣術の稽古もそうである。師匠にはしょっちゅう叱られ、先輩には駄目なところを指摘され、からかわれる。

もともと筋がよかったり、体力に恵まれていたりすれば、恥をかくことも少ないかもしれない。どっちも駄目な夏之助は、恥をかきながらつづけてきた。

だが、知り合いの娘に習わせ、さらに自分も習うという方法であれば、ともに上達するということになって、叱られたり、恥をかいたりすることはない。

でも、それくらいのことだったら、正直にそんな気持ちを告げるのではないだろうか。

「おいら、師匠にうるさく言われるのが苦手でさ」

とかなんとか言えば済んでしまう話だろう。

――やっぱり、なにか言いたくないことがあるのだ。

夏之助はそっと、若旦那の人柄を探るような目で眺めた。

「ちょっと出かけてくる。おやじには適当に言っといてくれよ」

若旦那は手代の一人にそう言って、歩き出した。

日本橋のほうへ向かっている。

夏之助と早苗はあとをつけた。

「でも、こういうのって、ぜったい悪事はからまないからいいよね」

と、早苗は楽しそうに言った。

「そんなのわからないさ」

「ええ？　あの若旦那がだよ」

「でも、よく見てみな。怪しい手つきをしてるだろう」

夏之助はさっきからそれが気になっていたのだ。

だらりと下げた両手の指を、小刻みにずっと動かしつづけている。その動かし方は、一定の法則でもあるような感じもするし、かなり複雑なものにも見える。

「ほんとだ。なにしてるんだろう？」

「最初、そろばんの稽古でもしてるのかと思ったんだ」

「違う。そろばんの稽古はちょっとだけしたことがあるけど、あんな指の動きはなかったよ」

「思い出した」

「なに？」

「あの動き、見たことがある」

「どこで？」

「小屋で」

「小屋？」

「あの指一本ずつに糸がついてるんだ」

「糸が？」

「その先は、人形の顔や手指とつながっている」

「そうか。くぐつ師ね！」

「いや、くぐつなんてでく人形じゃないよ。あれは、もっと精緻《せいち》なやつを操る人形遣いの手つきさ」

「へえ」

「その人形は、夜中、豪商の寝間に現われ、あるじを起こして、おとなしく金を出せって脅すのさ」

「嘘でしょう」

「若旦那の正体は、怪盗の人形小僧」

そんな泥棒はいない。いま、夏之助が適当にでっちあげた。

でも、いたら面白いと思う。

「それ、本気?」

「言っているうちに、だんだんそんな気がしてきた」

「まあ」

と、早苗は笑った。

「だって、悪事って意外なところにひそんでいたりするだろ」

夏之助はときどきそのことを思うと、一人でぞっとしたりする。自分だって、すごく困ったりしたときは、悪事に手を染めるのかもしれない。

もしかしたら、ぜったい悪事には手を染めないと言い切れるのは、早苗といっしょにいるときだけかもしれない。

「うん」

「あの若旦那だってわかるものか」

「そりゃそうだけど。じゃあ、探ってみる?」

「下手すりゃ、紅葉さんにも危害が及ぶかもしれないんだろ」

「それはないと思うけど」

「いいよ。乗りかかった舟だ」

探ってみるといっても、それほどたいそうなことをするわけではない。あとをつけ、悪事に手を染めていないか、悪い仲間と付き合ってないか、せいぜいそれくらいを見極める。

でも、ろくでもないやつだったら、紅葉にあの若旦那の件には関《かか》わるなと、忠告もできるというものだろう。

四

若旦那はその店の前まで来ると、急に態度が変わった。落ち着きがなくなり、髷《まげ》のかたちを整え、着物の乱れを直し、手のひらに自分の息を当てて、口の臭《にお》いを確かめるようにした。

店は甘味屋である。のれんには〈三原堂《みはらどう》〉とある。

若旦那は一つ大きく息をして、中に入って行った。

早苗はそのあとに店の前に立ち、

「ここ、知ってる。あんみつがめちゃくちゃおいしいんだって」

「へえ」

「でも、高いんだよね」

「だろうな」

外の見かけからして料亭みたいである。

「夏之助さん、おこづかい持ってる？」

「あったらさっきだって腹空《す》かしたりしないよ」

「だよね。あたしも持ってない」

二人で入っても、つまようじを一本もらって出てくるくらいが関の山だろう。

「誰と会ってるか、見てみたいけどな」

「どうしようもないよ」

仕方がないので店の前で待つことにした。

すると、

「あれ？」

という声がして、やけに素《す》っ頓狂《とんきょう》な顔をした芸者が、二人の前に立った。

「あんたたち、会ったことあるよね」

すぐに思い出したのは早苗だった。

「ぽん太《た》さんですよね。洋二郎叔父さんと親しい」

「そう。お嬢さんは洋二郎さんの……」

「姪《めい》ッ子です」

「うん。そうだ。なに、してんの、こんなところで？」

「え。この店のことはよく噂に聞くのですが、高いから入れっこないしなあと思っていたところです」

「あら、そうでもないよ。ごちそうしてあげる。入ろう」

ぽん太は二人の背中を押すようにした。

「そんな、悪いですよ」

「いいから、いいから。それに、洋二郎さんに伝えてもらいたいこともあるしね」

ぽん太は二人を中に押し込んだ。


中は廊下を挟んで、十畳ほどの広間が二つ。ところどころに小さな屏風《びょうぶ》はあるが、客同士が見えないというほどでもない。

さっきの若旦那は、障子戸の手前に女と差し向かいで座っていた。

どことなく愁《うれ》いのある、きれいな女だった。

「どこに座る？」

ぽん太が二人に訊いた。

「どこでも」

夏之助はそう言いつつ、若旦那が横から見えるところにさりげなく座った。早苗もその隣に腰を下ろした。

「あんたたち、あんみつでしょ」

「ごちそうになっちゃいます」

早苗が嬉しそうに言った。

頼んだあんみつは、すぐに運ばれてきた。

黒豆と寒天の上に、あんこがたっぷり載っている。これを匙《さじ》ですくって食べる。

「おいしい」

早苗が身体を震わせながら言った。

「ほんと。言われてみるとおいしいね。ここ芸者衆にも人気があってよく来るんだけど、いままではなんとも思わず食べてたわよ」

ぽん太はそう言いながら、凄《すご》い勢いで食べる。

夏之助は若旦那のほうが気になってしまう。

若旦那は、難しい顔をしていた。さっき、店の前で軽口を叩いていた顔とはまるで違う。ふっと、すがるような表情も見えた。

「なんで、駄目なんだよ」

声は聞こえないが、そう言ったような気がした。

女のほうも返事をしたが、そっちはまったく聞こえない。

「そう言えば、ぽん太さん。洋二郎叔父さんに伝えたいことってなんですか？」

と、早苗が訊いた。

「うん。まず、最近、ちっとも呼んでくれないから呼んでってこと」

「そうなんですか？」

「寂しがってたくらいは言ってね」

「言っときます」

「洋二郎さんが面白がりそうな話も溜《た》まってるし」

「あ、それは喜びますよ」

「ま、誰か好きな女ができたってことは知ってるけどね」

「あ、はい」

「でも、洋二郎さんはふられると思うよ」

「そうなんですか？」

「うん。なんだか、おしとやかで、お上品な娘に惚《ほ》れちゃってんだろ？」

「ああ。よくは知らないんですが、たしか、手習いの先生をしているんですよ。一度、見かけただけですが、感じのいい人でしたよ」

「まだ、自分を知らないね」

「自分を？」

「そう。あの男は、あたしみたいながらっぱちがうまくいくの」

「へえ」

「それも言ってあげな」

「言い方、難しいですけどね」

「そうでもないでしょ。洋二郎叔父さんは、ぽん太さんが似合いよって」

「はあ」

「あんみつ、おごったでしょ」

「わかりました」

「それと、もう一つは、最近、友だちの芸者がいなくなっちまったのよ」

「いなくなった？」

「そう。お座敷を終えて、家に帰る途中で。家に帰ったようすもないの。洋二郎さんは人捜しが得意だから、捜してもらおうと思ってさ」

「洋二郎叔父さんが、人捜しが得意？」

早苗は目を丸くした。

「意外？」

「自分がいなくなるのは得意みたいですけど」

早苗がそう言うと、

「あっはっは」

ぽん太は手を叩いて笑った。

若旦那が立ち上がったのは、そのときだった。

「じゃあな。お達者で」

そう言った声は聞こえた。さっぱりしたような顔になっていた。

「ぽん太さん。ごちそうさまでした」

早苗も若旦那が立ったのに気づいたらしく、礼を言った。

「うん。とんでもない。じゃ、帰ろうか」

ぽん太も立ち上がった。

そのとき、

「あら、ぽん太姐さん」

と、呼ぶ声がした。

若旦那の前に座っていた女だった。

「おや、珠子ちゃんだったの。化粧落としてたから、わかんなかったよ」

「今日、いっしょですよね。よろしくお願いします」

「こちらこそ」

ぽん太の知り合いだったらしい。

「いま、いちばんの売れっ子よ。小唄《こうた》の名手でね。そりゃあ、いい声でね。粋なものよぉ」

ぽん太は人がいいのか、他人の芸を自慢げに言った。

「珠子さんて、高麗屋の前でも名前が出てたよね」

歩きながら、早苗が言った。

また二人で若旦那のあとをつけている。

「うん、出てた」

「三味線の名手だって」

「ああ」

「若旦那、それで三味線を習いたくなったのかな」

「たぶんな」

夏之助はうなずいた。

いま、いちばんの売れっ子芸者が好きになった。その人は、三味線の名手。自分もひそかに三味線を習って、いいところを見せたい。

そんなところか。

「でも、それなら珠子さんにも習えばいいのにね。さっきは、それを頼んでいたのかな?」

「ううん、どうかなあ」

なんだかそんな軽い話ではなかった気がする。

もっと切実に、好きだとかなんとか口説いていたのではないか。

だが、そこらあたりになると、夏之助はよくわからない。

ちらりと早苗を見た。

——もし、自分も早苗に好きだというときがあったら、あんなに切羽詰まった顔で告げるのだろうか。

するると、早苗はなんて言うのだろう。

「なに？」

「いや、なんでもない」

慌てて首を横に振った。顔が赤らんでいるのがわかった。

「あ」

早苗が先に足を止めた。

前を歩いていた若旦那が、知り合いに会ったらしく、立ち話をしていた。

だが、長引くことはなく、また歩き出した。

相手はここの店の手代らしい。〈鞍馬堂《くらまどう》〉という看板がある。

中をのぞくと、鼓《つづみ》や笛などを売る店らしい。

「ははあ、わかってきたぞ」

と、夏之助は言った。

「なに？」

「ちょっと確かめてみるよ」

夏之助は、店に入ろうとしていた手代らしき男を呼びとめ、

「いまの高麗屋の若旦那ですよね。なにか音曲をなさるんですか？」

と、訊いた。

「ああ、若旦那は笛の名手だよ。若手では江戸で一番というくらいさ」

「そんなに。では、三味線とかは嫌いなんじゃないですか？」

「そりゃそうさ。もう、ぼろくそだよ」

手代はそう言って、若旦那がつねづね言っている三味線の悪口を聞かせてくれた。

五

「ねえ、夏之助さん。もう、若旦那のあとはつけなくてもいいよね」

「うん、そうだな」

「あの指の動きは、笛だったんだね」

「そう。左右をだらりとさせていたからわからなかったけど、指で笛の穴を押さえるしぐさだったんだな」

と、夏之助はうなずいた。

「お千代ちゃんも見なくたっていい？」

「いいけど、いちおう両方とも見ておこうかな」

そのほうが、調べが終わってすっきりした気持ちになれるかもしれない。

お千代の家は、南伝馬町の樽問屋の〈藤屋《ふじ》〉。早苗は裏のほうへ回った。

「ここだよ」

大きな商家の裏はたいがい高い塀で囲まれていたりするが、ここは隠居家も兼ねたような、庭と垣根になっていた。

「いるかな、お千代さん」

と、中をうかがうようにしていると、後ろから来た若い娘が、

「あれ、早苗ちゃんじゃない」

と、声をかけて来た。当のお千代だった。

夏之助も、何度か早苗の家の前で見かけたことがある。

「こんにちは」

「これから紅葉とも会うんだよ」

「そうでしたか。それは？」

と、持っているものを指差した。

訊かなくてもわかる。四角い胴体から長い柄が飛び出している。胴体のところは袋みたいなもので包んであるが、三味線であるのは一目瞭然《りょうぜん》である。

「うん。買ってきたの。いままで紅葉ちゃんといっしょにお琴は習っていたんだけど、三味線もやろうかなと思って」

「そうなんですか。姉もやるんですか」

「うん。紅葉ちゃんもやりたいって」

「え」

当てずっぽうで言ったのが当たって、驚いたのだ。

お千代は若旦那の頼みを、どうやら引き受けるらしかった。


夏之助と別れて家にもどると、早苗は洋二郎の部屋を訪ねた。

いないかと思ったが、洋二郎はまだ青いみかんを天井近くに投げ、落ちてくるそれを掴《つか》むという一人遊びをしていた。

よくやっている遊びで、

「剣術の役に立つ」

なども言っていたが、本気なのか冗談なのか、よくわからない。

「よう、どうした、早苗ちゃん」

「今日、ぽん太さんとばったり会って、あんみつをごちそうしてもらったんだよ」

「へえ、あいつ、最近、冬になって、お座敷が増えたらしいからな。気前もよくなってるのかな」

「冬になると、お座敷って増えるの？」

「あいつの場合はとくにな。夏は暑苦しいだろうよ、あの顔は」

「ひどい」

とは言ったが、あれだけ白粉を塗った顔はそうかもしれない。汗が流れたときなど、顔から乳が出ているみたいになるのだろうか。

「でも、最近、顔を見せないって寂しがっていたよ」

「そうか」

「洋二郎叔父さんが興味を持ちそうな話もいっぱい溜まったって」

「あいつ、泣かせること言うなあ」

「でも、洋二郎叔父さんには好きな人ができちゃったしね」

「そうなんだけどさ」

「うまくいってないの？」

「おいらは、もともてないしな」

「ふられたの？」

「ふられてはいない、と思うが」

自信なげである。

「ぽん太さんが、洋二郎叔父さんには、あたしのようながらっぱちが似合うんだって言ってたよ」

「ううん、ほんとはそうなのかもな。あれと話すときは気がねがいらないからな。でも、あの大福みたいな顔は、嫁にはちょっとなあ」

唸《うな》りながら頭を掻《か》いた。

だが、そのようすだと、本気で考えたりもしたらしい。

「あと、ほかにもなんか言ってた」

「なにを？」

「あれ、なんだっけ。あ、友だちの芸者さんがいなくなったので、捜してもらいたいって言ってたんだ」

「どうせ駆け落ちでもしたんだろ」

「洋二郎叔父さんは、人捜しより、自分のほうがときどきいなくなるって言ったら笑ってたよ」

「あっはっは」

洋二郎も他人《ひと》ごとみたいに笑った。


夕飯を済ませて、居間で横になっていると、

「夏之助はいますか?」

という声がした。

道場の同輩である牛添菊馬《うしぞえきくま》だとすぐにわかった。道場の中でも下から数えたほうが断然早いくらいの腕である夏之助だが、牛添菊馬はその夏之助よりもっと下である。

といって、圧倒的に違うかというとそうでもなく、まあ三本やれば夏之助が二本取れるといったくらいである。

その牛添菊馬の声が、怯《おび》えているように聞こえた。いつも、けっして自信ありげな声ではないが、もっと緊張が感じられた。

夏之助はすぐに玄関に出て、牛添を押し出すように道のほうまで行ってから、

「どうした?」

と、訊いた。

「いま、聞いたんだけど、江藤信輔《えとうしんすけ》の父親が切腹したらしいぜ」

「切腹……」

もしかして、夕方、この町の通りにおかしなざわめきのような気配を感じたのは、それがあったせいかもしれない。

「ほんとかどうか、見に行かないか」

「ああ」

夏之助は、いったん家にもどると、短い刀を一本差し、牛添といっしょに歩き出した。

江藤の父は、なにか不祥事をしでかし、責任を取ったのだろう。

これで江藤の家もお取り潰しとなる。江藤信輔も、この町から出て行くのだろう。

江藤信輔というやつは、しつこくて嫌なやつである。

だが、その江藤も何歳か上の先輩たちにしつこく苛《いじ》められていたという話を聞いたことがあった。

「そこだよ」

夏之助の家からは二町ほど離れたあたりだった。だが、広さやつくりはそれほど違わない。

家は門に板が打ちつけられていた。いわゆる閉門である。

やはり不祥事があったのだ。

「どうしたんだろう？」

「わからないな」

そのとき、向こう側からやって来た男が、

「なんだ、きさまら」

と、言った。提灯を向けると、道場の同輩の田崎雄三郎《たざきゆうざぶろう》だった。

身体が大きく、いつもここの江藤信輔や正木禅吾《まさきぜんご》とつるんで、夏之助に意地悪を仕掛けてくるやつだった。

「なんだって、気になって見に来ただけだよ」

と、夏之助が答えた。

「ざまあみろとでも思ったかよ」

「思わないよ、そんなことは」

「思ったら、ぶっ殺すぞ」

「思わないと言っただろ」

田崎は、上から視線で押しつぶそうとでもするかのように睨《にら》みつけて来た。

夏之助も負けじと睨み返す。

牛添は後ろに下がってしまっている。

田崎は刀に手をかけた。

——まさか抜くのかよ。

夏之助は内心、焦った。真剣勝負などしたことがない。いちおう小刀を差しているが、これに手をかけたら抜かざるを得なくなるのか。

そのとき、

「うわぁーっ」

という泣き声がした。江藤の家の中からで、信輔の声のようだった。

「くそっ」

田崎はつらそうに顔を歪め、踵《きびす》を返して立ち去って行った。

六

「あたしはたぶん若旦那はなにか別の音曲の名人で、つねづね三味線を馬鹿にしていたのだと思うの。ところが、なんかのきっかけで、三味線が好きになったんじゃないかな……」

と、早苗は皆を見回しながら話している。

翌日の朝餉の席である。

「自分も習いたいとは思ったけど、いままでは、芸者さんなどにも三味線のことをぼろくそに言ってたわけ。音色が下品だとか、うるさくかき鳴らすだけだとか。それで、いまさら三味線を習いたいとは言いにくいよね。しかも、三味線のお師匠さんと芸者さんとは通じちゃってるから、若旦那が習おうものなら、すぐ伝わっちゃうでしょ。あら、若旦那、いままで言ってきた言葉はどうなっちゃうのと、さんざんに責められるわよね」

「うんうん」

洋二郎が何度もうなずいている。

「それで、考えたあげく、気ごころの知れたお千代ちゃんに三味線を習ってもらい、お千代ちゃんが憶えたものを自分に教えてもらおうとしたわけ。ふつうの人なら、そんな下手な人を通して教わるなんて嫌がるよね。でも、ほかの音曲の名人くらいになると、下手な人から習っても、その向こうにあるうまい技が想像できるんじゃないかなあ」

　早苗はそこまで言い、

「どう、紅葉姉さん？」

　と、訊いた。

「早苗、凄い」

　紅葉は感動したような顔で言った。

「当たった？」

「ほとんど当たった」

　紅葉がそう言うと、宋右衛門から台所の家来たちまで、

「へえーっ」

　と、感心した。

「でも、どうして当たったかどうか、わかるの？」

「昨日、お千代ちゃんからくわしく聞いたの。高麗屋の若旦那は、笛の名人なんだって。それで、三味線のことはつねづね馬鹿にしていたらしいよ。ほんとに下品だとか、微妙な味わいを出せないとか。お座敷なんかでも、芸者さんたちにもよくそう言っていたんだって。笛が吹ける芸者はいないかなとか」

「おいおい」

洋二郎が笑った。

「でも、なんとかっていう芸者さんの小唄に魅《み》せられたの。それで、なまじ音曲の素養があるから、その唄で三味線を弾きたいとか思っちゃったみたいよ」

「そうなの」

長女の若葉が深くうなずいた。

「あとは、ほんとに早苗が想像した通り。ほんと、凄いよ、早苗って」

「うふっ」

褒められるとやっぱり嬉しい。

だいたいが、賢いことでは若葉が褒められ、美貌やそつのなさでは紅葉が褒められ、早苗は家族の称賛ということでは後れを取ってきた。

姉二人への劣等感もあるから、嬉しさはひとしおである。

「でも、そんな理由じゃお千代ちゃんも断わったんじゃないのか?」

と、洋二郎は訊いた。

「どうして?」

紅葉は洋二郎の問いの意味がわからないといった顔をした。

「だって、若旦那が三味線を習うのは、芸者の小唄に魅せられたからだろ。自分はただ、利用されているだけとか、当て馬とか、要はそんなふうなわけだろ」

言いにくそうに説明した。

「そんなの関係ないわよ。お千代ちゃんは、ただで三味線を買ってもらえたし、月に一両もらえるというので、教えることにしたの」

「へえ」

「どうも、あたしが思ってたより、お千代ちゃん、その若旦那のことが好きみたいね」

紅葉の言葉に、早苗は、

「え？」

と、顔を向け、

「若旦那は、芸者さんが好きなんでしょ？」

「でも、相手にされてないみたい。たぶん、決まった旦那がいるのに、横恋慕《よこれんぼ》してるだけなんだよ」

紅葉がそう言うと、母の芳野は、

「紅葉ちゃんたら。言い方がちょっと」

軽く眉《まゆ》をひそめた。

だが、宋右衛門は、

「あっはっは」

と、鷹揚なものである。

「そんな遊び人がいいかねえ」

洋二郎が首をかしげた。

「遊び人はもてるんだよ。女ごころを摑むのがうまいから」

「なるほどなあ」

洋二郎はもっぱら自分のことに置きかえて、いろいろ考えているらしかった。

七

朝餉のあと片づけを終え、早苗は庭のほうから洋二郎の部屋に行こうとして、ふと手前で身をひそめた。

「兄貴は、丹波さまから婿をもらうのが嫌なのではないですか?」

という洋二郎の声が聞こえたからである。

「嫌というか、気は進まぬ」

　父の宋右衛門が言った。

「同じですよ」

「早いとこ、木戸さまとの話を進めてしまえばよかったな。あれも、いちおう当人同士を会わせてからなどと思っていたからな」

「でも、なぜ、嫌なのです」

「丹波さまのお人柄がな」

「噂では、気さくで鷹揚なお人だと」

「ま、ふつうに接していれば、そう思われるだろうな」

「裏があると？」

「丹波さまはだいぶ裕福であるらしい。先祖のおかげと言っているらしいが、先祖ではなく、当代で貯《た》めたのではないかという話もある」

「なるほど」

「金のことだけではない。調べにおいては、かなり拷問《ごうもん》を好むらしい」

「ははあ、それは兄貴とは合わないな」

　と、洋二郎が言った。

——拷問……。

早苗も言葉は知っている。だが、どういうものかは見当がつかない。

同じ八丁堀でも、丹波家の人は誰も知らない。だが、八丁堀の人ではない、木戸良三郎のほうは知っている。あの人なら、洋二郎叔父さんともやっていけるだろうし、なによりも若葉姉さんもきっと好きになる。

「丹波家の息子がうちに来るというのが、どうもしっくり来ぬ。ただ、昨日は南の奉行まで熱心に口添えしてきた」

「それは参りますね」

「それで、当人同士をどこかで会わせ、若葉がすごく気に入りでもしたら、この話を受けようと思ってな」

「なるほど」

「今日、会わせる」

と、宋右衛門は重い口ぶりで言った。

「慌ただしいですね」

早苗の胸がどきどきし始めた。

「丹波さまの息子が、采女《うねめ》ヶ《が》原《はら》の馬場に馬の稽古に行くらしい。そこへ、わしが預かっていた本を返しに若葉を行かせることにした」

「ははあ」

「気になって堪らぬ。ちと、ようすを見に行ってもらえぬか。うちの馬もしばらく駆けさせておらぬし」

与力は捕物の現場に駆けつけるときなど、馬に乗ることもあるため、屋敷の小屋で馬を飼っている。柳瀬家の馬は〈ふさ〉という牝馬《ひんば》で、早苗はときどき餌《えさ》をやったりしている。

「わかりました」

「あとで奉行所のほうに報《しら》せに来てくれ」

それで話は終わったらしい。

早苗は庭づたいに、そっと若葉の部屋のほうへもどった。

若葉は母に手伝ってもらいながら、着替えをしているところだった。

――ほんとだ。行くんだ。

早苗は、いても立ってもいられない気持ちになってきた。

玄関のほうで音がして、洋二郎が馬を引いて出て行くのも見えた。先に采女ヶ原の馬場に行って、待っているのだろう。

——あたしも行かないと。

早苗はそう思った。

洋二郎に相手を見定める力があるようには思えない。いいやつか、悪いやつかくらいはわかるかもしれないが……。

でも、女というのは悪いやつでも好きになってしまうことがある。そういう危うい女ごころなんかは、洋二郎にはまずわかりそうもない。

早苗は母に見つからないよう、そっと家を出た。

第三章　臭い話

一

早苗は、采女ヶ原の馬場に向かうため、外へ出た。母親には、友だちのところに行くと一声かけてきた。

門を出ると、ちょうど夏之助が学問所に行くところだった。

風呂敷包みを肩から斜めに回すようにしている。こんなふうに荷物を持っている学問所の生徒は、あまり見たことがない。夏之助も、洋二郎叔父ほどではないが、どこか変わっている。

「あれ、早苗。どこに行くんだ？」

女の早苗は学問所になど行かないから、朝早く出かけるのは珍しいのだ。

「采女ヶ原の馬場よ」

「いいなあ」

ほんとに羨ましそうに、子どもみたいな口調で言った。

「ちっともよくないよ」

「おいらも行こうかなあ」

「駄目だよ。男の子は、学問もしっかりやらないとね」

早苗は歩き出した。

「今日のは面白くないんだよ。孔子さまだぞ」

夏之助がついて来る。もう学問所に行く気は完全に失せたらしい。

「立派な教えでしょ」

「立派だから面白くないんだろうが」

「ぷっ」

早苗は噴き出した。たしかにそうである。

「ほんとだね。立派な教えって、どうして、つまんないんだろうね」

「言われなくてもわかってることだからだろ」

「わかってるの？」

「わかってるよ。わかってるけど、できないんじゃないか。だから、そんなことを偉そうに、勿体《もったい》ぶって言われても、つまらないし、聞きたくもない」

「そうだね」

「なにをしに行くんだよ、馬場になんか？」

若葉のことを手短に話した。

「じゃあ、木戸さまは？」

「どうなるかわかんないのよ」

「ふうん。早苗が見たからと言って、どうにもならない気がするけどな」

「いいの」

見ないと気持ちが収まらない。

采女ヶ原の馬場は、八丁堀からも近い築地《つきじ》にある。

小さな馬場だが、江戸の中心部にある馬場なので、早苗の父親だけでなく、八丁堀のほかの与力たちもよく利用しているらしい。

今日も十頭を超す馬が、馬場を駆け回っていた。

「ここにいたら、姉さんや洋二郎叔父さんに見つかっちゃうから向こうに回るよ」

反対側に回って、いまはすっかり葉を落とした桜の木の陰に隠れた。

しばらくのあいだ、馬が駆けるようすを眺めていると、

「あ、若葉姉さんが来た」

風呂敷包みを抱えた若葉が、馬場の端に立ち、周囲を見回すようにした。

「なんか、いそいそしているみたい。やぁね」

「おい、反対側から馬を引いて来たのは……」

「洋二郎叔父さんだね」

洋二郎は、馬をなだめたりしながら、無理やり引っ張っているように見える。若葉よりも早く家を出て、いまごろにここに来たくらいだから、馬の扱いはあまり上手ではないのだろう。

若葉は早苗がいるほうに近づいて来る。まるで早苗に気づいて、声をかけようと寄って来るようにも見える。

「まずいなあ」

木の陰で小さくなっていると、かなりの速さで駆けて来た白馬が、若葉を回り込むようにして止まると、

「若葉さんかい？」

声をかけた。

「はい。丹波右京《うきょう》さまですね。父からこれをお届けするよう言われてまいりました」

「ああ、聞いているよ」

丹波右京はさっと馬から下りると、若葉の前に立った。

長身で、身のこなしがきびきびしている。

若葉が馬を撫《な》で、なにか言った。

それを見て、

「若葉姉さん、白馬が好きなんだよ」

早苗は言った。

「女って白い馬が好きなんだよなあ」

丹波右京は十四、五間（ほぼ二十五、六メートル）先から見ても、いい男だった。

馬の乗りっぷりも見事だった。しかも白馬。これを見せたくて、ここで会うことにしたのではないか。

さらに、なにか二言三言話した。

どうも、次は乗せてやるから袴《はかま》で来いとか言われているみたいだった。

「まずいなあ」

若葉はつぶやいた。

「どうして？」

「若葉姉さんが気に入ったりしたらどうしよう」

「仕方ないだろうよ」

「木戸良三郎さんはどうなる？」

「そりゃ振られるだけさ」

夏之助は冷たく言ったあと、

「かわいそうな気がするけど」

と、付け加えた。

そう長いこと話し込んだりはせず、若葉は踵《きびす》を返した。

洋二郎が遠くで馬を馴《な》らしながら、ゆっくり駆けている。丹波右京の腕を見たあとだと、のんびりし過ぎているように見える。

「どうするの、夏之助さん？」

「いまさら学問所に行っても仕方ないよ」

「馬見てる？」

「馬なんか興味ないね」

「とりあえず、ここから遠ざかろうか」

早苗が歩き出すと、

「おい、足元に気をつけろよ」

「きゃっ」

危うく馬糞《ばふん》を踏みそうになった。

「そういえば」

「なに？」

「松太郎《まったろう》って知ってるだろう？　田島《たじま》松太郎」

「うん」

「あいつにこの前、相談されたんだっけ。長屋の厠《かわや》に落ちた男のこと」

「なに、それ？」

「だから、ぼっちゃーんて落ちたんだよ。ぷっ」

言いながら噴いた。

「馬糞見て、思い出したんだ？」

「そう。面白い話なんだよ」

「あたし、その話はいいよ」

と、早苗は言った。

「どうしてだよ」

「だって、そんなきったない話、やだ」

顔をしかめた。幼い顔立ちが、一瞬、皺《しわ》だらけになった。

確かにきれいな話ではない。

「でも、三回も落ちたんだぞ」

「厠に?」

「そう。三回も落ちるか?」

「よっぽど、お馬鹿さんなんだね」

早苗はうんざりして言った。

「酔っぱらって、足元が狂って落ちたっていうんだけどさ、どうも、わざとか、あるいは理由があって、飛び込んでるんじゃないかって思うんだよ」

「飛び込んでる?」

「だとしたら、なぜなのかなあって」

「その謎を夏之助さんに解けって?」

「うん……というか、おいらが解いてやろうかと言ってしまった」

「なぁんだ。じゃあ、自分で解かなくちゃね。あたしは嫌だよ」

早苗は足を止めた。

「どうかした？」

「このあたりって、景色がきれいだね」

築地川の周囲は、大きな大名屋敷が並ぶ一画でもある。川岸に松や柳、葉の落ちた桜の木が植えられ、海鼠塀《なまこべい》の上からはみ出している屋敷の大木とともに落ち着いた景観をつくり出している。

町人地とはまるで違う江戸の秋である。

「うん、きれいだ」

「こんなきれいな景色の中で、夏之助さんは厠に落ちた男の謎を考えているのか」

早苗がそう言うと、

「そうかあ。でも、よく見てみなよ。落ち葉は溜まって腐ってきているし、下には変な虫がうじゃうじゃいるし」

つま先で落ち葉をかきわけてみせる。

「やぁだ」

「鳥だって、ほら、糞をいっぱい垂れ流してるんだぞ」

「うん。そうだね」

「一見きれいに見えても、汚いものもいっぱい隠れてる」

「人みたいね」

「うん。人みたいだな」

「なにがきれいか汚いか、わからなくなってくるね」

「ほんとだ」

夏之助はいかにも情けなさそうな顔になった。

二

夏之助のその顔を見て、早苗は面白そうに笑い、

「ねえ、それって、なんか落としたんじゃないの？　厠の下に」

と、言った。

「早苗もそう思ったか」

「夏之助さんも？」

「凄く大事なものか、高価なものだろうね」

「小判の包みとか、金の塊とか」

「それだったら、たとえ厠の中でも入っちゃうよな。気持ち悪いけどさ」

夏之助は笑いながら言った。

「だよね」

「三回も落ちたのは、まだ見つかってないんだな」

「意外に小さいのかもしれないね。小さいけど、凄く細かな金細工とかだったら高いんだよ。そういうの、仏具屋で見たことある」

早苗はほんとにいろんな店を細かく見てまわっている。それは、別に買わなくても楽しいらしい。

「でも、待てよ。やっぱり飛び込むよりは、人を頼んで汲《く》み取ってもらうんじゃないか。汚穢《おわい》を」

「だから、落としたことは言えないようなものなんでしょ」

「盗んだものか」

「そうだよ」

早苗は自信ありげにうなずいた。

「そういえば、松太郎が言うには、そいつはぜったいに悪党なんだってさ」

「ぜったいに悪党って、人相が悪かったりするわけ?」

「いいから、見てみろって言うんだよ。一目見たら、おれの言ってる意味もわかるからって」

「へえ。ねえ、松太郎さんの長屋ってどこだっけ?」

「そっちの本湊町《ほんみなとちょう》の裏のほうだよ」

夏之助はその方角を指差した。海辺のあたりでここからも近い。

「行ってみようか」

その話はいいと言っていた早苗が、やっと興味を示した。夏之助は嬉しくなった。やっぱり謎は、早苗といっしょに考えるのがいちばん面白いのだ。

途中からは走りながら、本湊町にやって来た。

築地の大名屋敷が並ぶあたりからはすぐ近所なのに、町の雰囲気はまるで変わった。

ここらは漁師町だが、田島松太郎が住む長屋は、海からは離れたほうのだいぶ奥まったあたりにある。それでも、路地のわきには網が干してあったりして、海とまったく無縁というわけではないらしい。

樹木などはほとんどないから、枯れ葉が舞い散ることもない。だが、道端の植木鉢などにひっそりと秋の気配がこぼれていた。

松太郎のことは早苗も知っている。

夏之助の友だちの中で、いちばん面白いお調子者だろう。生きものの真似《まね》が得意で、犬猫だけでなく、馬や魚の真似までやってみせてくれたこともある。

でも、浪人をしている父親がひどく怒りっぽいので、松太郎にもいろいろ悩みはあるらしい。

「松太郎、いるか？　伊岡だけど」

手前から二つ目の腰高障子の前で、夏之助は声をかけた。

「おう、伊岡」

松太郎はすぐに出てきた。

習っているのは剣術だけで、学問所などには行っていないから、昼前はたいがい家にいる。父親の内職を手伝ったりしているのだ。

「こんにちは、松太郎さん」

早苗も挨拶《あいさつ》すると、

「やあ、美人もいっしょで嬉しいなあ」

酒屋の御用聞きみたいなお世辞を言った。

早苗のほうも、「そんなことないよ」くらいは言うのかと思ったが、嬉しそうにうなずいている。

「例の話、遅くなったけど、現場を見に来たのさ」

「ああ、厠のあれな。あいつ、たぶん、まだいるはずだよ。朝はわりと遅くに出かけるんだ」

声をひそめてそう言い、路地を挟んだ斜め前の家の気配をうかがうようにした。

「いる？」

「いる、いる。もう少しすると出てくるから、待っててみな」

男の家からちょっと離れ、路地の中ほどに陣取った。

奥のほうの井戸と、小さなお稲荷《いなり》さんが見えている。厠はここからだと見えないが、奥の横のほうにあるらしい。

そこで落っこちて、たぶん上がるときは人手を借りたりもしたのだろう。さぞやここら一帯が悪臭に見舞われたに違いない。

男が出て来るのを待つあいだ、

「早苗が考えたんだけどさ……」

と、さっき検討したことを松太郎にも話した。

「なるほど。盗んだ金塊を落っことしたのか」

「金塊かどうかはわからないよ」

早苗が補足した。

「でも、三回も落ちてるってことは、それしか考えられないだろう」

「うん。そうだよな。でも、まだこの長屋にいるってことは……」

「見つかっていないんだよ」

「じゃあ、また落ちるな」

「だろうな」

「やだなあ。勘弁してもらいたいよ。こんなきったない長屋、引っ越したいよ」

松太郎が顔をしかめたそのとき、
がたがたっ。

と、音がした。男の家の戸である。建てつけが悪くなっているらしく、何度か揺さぶられてから開いた。

四十代の半ばくらいか。男が出て来た。

ひどい身なりなどではない。こんなちゃんとした着物のまま厠に落ちたのだとしたら、夏之助は着物が勿体ないような気がした。

夏之助たちは、しゃべっているふりをしている。

そのわきを、男はじろりと三人を見て、そのまま通り過ぎていく。

眉《まゆ》が異様に長く、左右がつながっているようにも見えた。目は小さく、離れていて、魚の目みたいだった。頰は削《そ》げていて、染みのような皺のような斜めの筋がいっぱい入っていた。唇は大きいうえにぶ厚くて、なんでもばくばく食べてしまいそうである。

男が路地を出るとすぐ、

「怖かった」

と、早苗がつぶやいた。

「な、あいつはぜったい悪党だろう」

「名前はなんていうんだ?」

夏之助が訊いた。

「黒助《くろすけ》」

「また、いかにも悪そうな名前だな」

少し遅れて、三人も路地を出ると、黒助の後ろ姿を見た。

「何してる男なんだ？」

「どこかの職人らしい。大家には粉をつくっていると言ってたらしいよ」

「粉？」

しょっちゅう厠に落っこちるような男に、うどん粉だのそば粉だのをつくられたらたまらない。

「前からここにいるの？」

早苗が訊いた。

「いや。ふた月くらい前に引っ越してきたんだよ」

「とりあえずは、また落ちるだろうから、そのときなにか持って這《は》い上がってくるかを見なくちゃな」

夏之助がそう言うと、

「ああ、そうだな」

松太郎は神妙な顔でうなずいた。

「金目のものみたいだったら、近くの番屋に教えたほうがいいよ」

「そうするよ」

松太郎はなすべきことがはっきりして、安心したらしい。

「でも、あの人、本当に悪人なのかな」

と、早苗は言った。

「なんでだよ？」

夏之助も黒助悪人説には賛成なのである。

「人って、見た目と違うところもいっぱいあるんじゃないの」

「そりゃあ、あるけど」

「だったら、さっき馬場で見たあの人は、爽《さわ》やかで、男らしくて、やさしい人ってことになるよ」

「うん。そうは決めつけられないよな」

「あたし、父上があんなふうに嫌がっているってことは、あの人の父上もあんまりいい人じゃないと思うんだよ」

「うん」

「その息子が、見た目どおりの爽やかで、男らしくて、やさしい息子に育つ？」

「そこはなんとも言えないけど」

夏之助は早苗の顔を見た。おっとりして、いかにもやさしげな顔である。

だが、中身はけっこう気丈だし、賢いしっかり者である。性格をそのままぴったりの顔立ちにしたら、もっときつい感じの美人になるかもしれない。

ということは、見た目と外見はやっぱり違うのだろう。

「逆に、きれいな景色が、汚いものをいっぱい隠していたりもするでしょ」

「ああ、さっきの景色みたいにな」

「あの人の顔のことはできるだけ考えずに、起きたことだけを見つめ直してみようよ」

「そうするか」

「夏之助さん。ちょっと厠の中を見ておいてよ」

早苗がすまなそうに頼んだ。

「うん。いいよ」

早苗にさせるわけにはいかない。

長屋の厠に入るのは初めてである。

男専用の場所はなく、同じつくりの厠が二つ並んでいる。板戸があり、上半分が開いていて、中にしゃがんでいれば頭のあたりは見えるので、入っているかどうかはわかる。

中はそれほど狭くない。壁は粗《あら》い土壁で、何カ所かに削って書いたような落書きがある。厠の穴は夏之助の家のものとそう変わらない大きさである。下には大きな甕《かめ》が埋め込まれてあるのだ。

こんなところに、落っこちるなんて、よほどどうかしている。やはり、わざと落ちたとしか考えられなかった。

三

早苗が家にもどると、若葉は帰っていた。馬がいるので洋二郎ももどったらしいが、姿は見えない。奉行所のほうに報告に行ったのかもしれない。

小腹が空《す》いたので、軒下の干し柿《ほがき》を取って食べていると、

「ねえ、早苗、いたでしょ?」

若葉がやって来て言った。

「え」

見られていたらしい。

「洋二郎叔父さんまで来てるんだもの」

別に怒っているようすはない。

「どう思った、あの人のこと？」

「名前、右京さまとか言ってたよね？」

「そう。丹波右京さま」

嬉しそうに名を言った。

「見た目はいい男だよね。文句なしだよね」

「早苗もそう思ったんだ」

若葉も同感らしい。

「いい男ってどうなんだろうね」

早苗は言った。

「そうね」

父の宋右衛門も叔父の洋二郎も美男ではない。三姉妹は皆、母方の血が濃いと言われる。

「中身はわからないよ、若葉姉さん」

「うん」

「きっと、女の人にもてるよ」

「それは、夫婦になっても変わらないよ」

「そうね」

「そうかもね」

若葉はそう言うと、部屋にいた猫のおたまを捕まえ、喉《のど》をくすぐってごろごろと言わせた。

――姉さんはたぶん、気に入ったのだ。

と、早苗は思った。

それから早苗は、紅葉を探した。こういうことは誰よりも紅葉に相談すべきではないのか。紅葉なら、見た目だの家柄だのにごまかされず、その人の中身を見抜くことができる気がする。なんといっても、そっちのことでは、紅葉は若葉よりもはるかに年季が入っているのだ。

だが、紅葉は最近始めた三味線の稽古《けいこ》に行ってしまったということだった。

いったん家にもどり、昼飯を済ませたあと、夏之助は剣術の稽古で、船松町《ふなまつちょう》にある渡辺市右衛門《わたなべいちえもん》一刀流道場に向かった。

道場に入ると、さっきいっしょだった田島松太郎は、防具をつけ終えて隅に座っ

ていた。夏之助が隣に座ると、

「江藤になんかあったのか？」

と、訊いてきた。

「なんで？」

「皆、江藤の名を出して、こそこそ話しているみたいだから」

「うん。あったんだ」

田島松太郎の家は、八丁堀とはなんの関係もないから、なにも知らなくて当然だろう。

「なにが？」

「江藤の父親が切腹したんだ」

「えっ」

「だから、もう、ここには来ないと思う」

「そうなのか」

田島松太郎も、江藤たちにはしつこく嫌がらせをされていたはずである。その言葉には、どこかホッとしたような感じも受け取れた。

二人で話していると、昨夜、江藤のことを報《しら》せてくれた牛添菊馬もやって来た。

「田崎と稽古するの、やだよ」

と、牛添は小声で言った。

「どうかしたのか?」

「やたらといきり立って、今日、立ち合うと、殺されそうだ」

「……」

夏之助は思わず、田崎を探した。

すると、反対側でこっちを睨《にら》んでいるのが見えた。たしかに殺気を感じる。

すぐ、かかり稽古が始まった。

田崎は順番が来ても立たず、何人か先送りし、夏之助の順番が来たら立ち上がった。

「夏之助、気をつけろよ」

牛添が言った。

「ああ」

田崎は強い。なにせ力がある。同じ歳《とし》とはいえ、背丈は五寸(約十五センチ)、目方にいたっては五貫(およそ十九キロ)ほど上だろう。

突きに気をつけなければならない。まともに受けたら吹っ飛ばされる。息が詰まってひどい目に遭う。

「てやぁーっ」

激しい気合いとともに、田崎は面を連続で打ち込んできた。

軽く受けて回る。引き寄せてひねる。

夏之助の太刀《たち》捌《さば》きは、近ごろこれに徹している。身軽さ、すばやい動き。これを最大限に生かすことを自分に課している。

田崎が苛立《いらだ》って、身体をぶつけてくる。そこで小手を叩いた。うまく決まった。防具の上からでも痛かったはずである。

「この野郎」

大声を上げながら、面を打ってきたところをすり抜け、胴を入れた。惚《ほ》れ惚れするくらい、きれいに決まった。

「きさま」

摑《つか》みかかってきた。凄い剣幕で、殴られるかもしれない。

「田崎！」

師範代の声が飛んだ。

「江藤のことが気になるのだろうが、人に当たるな」

「はい」

田崎は素直に頭を下げ、壁際にもどった。

「なんで、あいつ、あんなに苛々《いらいら》しているんだろう?」

夏之助は牛添に言った。たしかに江藤は仲間だろうが、自分たちが憎まれるいわれはないような気がする。

「いろんな噂が飛び交ってるんだ。江藤の父親が切腹したのは、八丁堀の同心がからんだ詐欺《さぎ》に連座したからだって言う話もある。それで、江藤の父親を追い詰めた一派もいるから、伊岡の父上がそっちだろうと思っているんじゃないか?」

「そんなの関係ないだろうよ」

「ああ」

牛添の父親も奉行所勤めだが、小石川《こいしかわ》養生所に詰めていて、巷《ちまた》の騒ぎにはほとんど関《かか》わっていないらしい。

夏之助は、自分の家のようすを思い出した。

昨夜は父親が帰って来る前に寝てしまった。今朝の朝飯のときは、とくに話もせずに家を出た。だいたい、柳瀬家と違って話がはずむなどということもないので、家族の機嫌などは気にしたこともない。

奉行所のことなど、夏之助にはなんの関わりもない。

牛添の順番になったら、松太郎が、

「よう、厠の話だけどな」

と、面をつけたまま、小声で言った。

「ああ」

「落し物っていうのはないよ」

「どうして？」

「あのあと、ちょうど大家が来ていたので、しらばっくれて訊いたんだよ。汲み取りはないのかって。そうしたら、ひと月前にやったんだって。ひと月前と言ったら、黒助が二回目と三回目に落ちたあいだなんだよ」

「そうなのか」

「おれが、もしかしたら黒助さんはなにか落としたんじゃないですかって言ったら、黒助は汲み取りのことなどなにも気にしてなかったって」

「そうだったんだ」

すると、最初から考え直さなければならない。

四

夏之助は、腹を空かして家にもどった。

晩飯まではまだ早い。

「なんか、ない？」

「朝ごはんの残りがあるよ。夜も炊《た》くから、食べてしまっていいよ。おかずは沢庵《たくあん》くらいしかないけど」

「ああ、かまわないよ」

おひつを空にしたので、どんぶりに飯が山盛りである。

沢庵をおかずに食べ始めたら、

「あ、納豆が残っていたわ」

そっちも出してくれた。

沢庵に納豆。どちらも匂《にお》いがする。

――ん？

思いついたことがある。

早苗に話したくなって、急いで食べ終えて外に出た。

早苗は同じ道場で、道場主の妻のほうに薙刀《なぎなた》を習っているが、今日は早く稽古が終わったらしく会えなかった。

門の前を何度か行ったり来たりした。近ごろ、門のあたりから早苗を呼ぶのは気が引けるのだ。母親からも、「早苗さんとあまり親しくするな」と言われている。

さつきの陰に猫のおたまがいた。

「おたま、来い」

と、呼んだ。

「にゃあ」

鳴きながら寄って来た。

この猫は自分になついている気がする。それを早苗に言ったら、「おたまは誰にでもなついている」と言われた。

「おまえ、ちょっと早苗を呼んで来いよ」

「にゃあ」

「呼んできたら、鯛《たい》の刺身をやるぞ」

自分でそう言って、自分で笑った。猫が呼んでくるわけがない。

紅葉が通りかかった。外に出ていたらしい。

「あら、夏之助」

高飛車な口ぶりだが、気さくでやさしいところも多い。

「はあ」

「早苗なら呼んであげようか？」

「ありがとうございます」

そう言うと、いきなり門のところから大きな声で呼んだ。

「早苗！　夏之助が来てるよ」


「そうなの、落し物じゃないんだね」

夏之助が松太郎から聞いた話を伝えると、早苗もがっかりした。

考えを振り出しにもどさなければならない。

「それで、いま、沢庵と納豆を食っていて思ったんだけど」

「なんだか臭ってきそうだね」

「そう。それで、黒助が厠に飛び込んだのも臭《にお》いを消したかったんじゃないかって思ったのさ」

「ああ。あんなところに落ちて、そこらを歩き回ったら、いろんな臭いを消してしまうことができるぞ」

「臭いを消す？」

「そうか。臭いか」

「うん」

「夏之助さん。だったら、ほかの臭いでもいいんじゃないの？」

「ほかの臭いというと？」

「いま、言った沢庵と納豆をたくさんばらまいたっていいわけでしょ」

「うん、まあな」

「わざわざ、あんなきったないことしなくても、臭いは消せるよ」

「そうだな。ああ、がっかりだ」

　と、首を垂れた。

　思いついたときは、ぜったいにこれだと思ったのである。

「そんなことないよ。そうやって、いろんなことを考えられる夏之助さんは、やっぱり凄いよ」

「お世辞言うなよ」

「お世辞じゃないよ」

早苗の顔は本気である。

夏之助は頬が赤らんでくるのがわかって、

「おたまはいないかな」

頓珍漢《とんちんかん》なことを言いながら、わきのほうに歩いた。

五

二日後――。

月が替わって十一月（旧暦）になった。ひどく寒い。

道場の板の間の冷たさは痛いくらいで、夏之助は稽古を終えて外に出ても、まだ痛みが残っている気がした。

やっぱり薙刀の稽古を終えて出てきた早苗にそのことを言うと、

「冷たいけど、薙刀を振っているうちにすぐ暖かくなったよ。本気で動いてないからじゃないの」

「そんなことはない。やっぱり夏之助という名前が悪いんだな」

「あ、今年も名前のせいにした」

たしかに、毎年それを言っている気がする。

そこへ松太郎が寄ってきて、

「昨夜は大変だった。黒助がまた落ちたんだ」

と、言った。

「やぁだ。また、落ちたの！」

早苗は顔をしかめた。

「なにか持って上がったか？」

夏之助が訊いた。

「いや、なにも。手ぶらで上がってきた」

「やっぱりか」

もう、推測の糸口もつかめない。

あとは、黒助は昔から厠に飛び込むのが好きだったということくらいしかないのではないか。世の中には、信じられないような道楽を持つ人がたくさんいるのである。

「しかも、それだけじゃない。それからすこし経《た》って、その厠に幽霊が出たんだよ」

「幽霊が？」

夏之助と早苗は顔を見合わせた。予想もしなかったものが登場してきた。

「同じ長屋の住人が見かけたんだけど、厠に若い女がぼーっと立っていたんだってさ。住人は隣のほうに入って気配をうかがったんだけど、なんの物音もしなかったんだそうだ。それで、出て見たら誰もいないんだよ」

「それだけじゃ幽霊とは限らないよな」

夏之助は首をかしげて言った。

早苗が訊いた。

「長屋にはほかに女の人はいないの？」

「おかみさんみたいな女はいるけど、若い女はいないよ」

「いままでも幽霊が出たりしてたの？」

「いや、初めてだ」

「ううん、変な話だなあ」

「幽霊じゃないにせよ、なにしてたんだろうね」

「おい、松太郎。じつはさ、こういうのも考えたんだ」

と、夏之助は臭いをごまかすためという説を述べた。

「うん、それで？」

「黒助はお姫さまをかどわかしてきたんだよ。お姫さまってのは、いい匂いがするらしいぞ」

「そうだろうな」

「それをごまかすため、厠に落ちてるんだ」

「お姫さま、かわいそう」

と、早苗が笑いながら言った。

「幽霊に見えたのは、じつはお姫さまなんだ」

「でも、かどわかしたお姫さまを、わざわざあんな長屋に連れて来るか？」

松太郎は首をかしげた。

「そうだよな」

「やっぱり変だよ」

「まあな」

夏之助もこの考えはすぐに引っ込めることにした。苦し紛れの冗談みたいなものである。

「幽霊を見たっていうのは誰だい？」

「喜助《きすけ》さんていう長屋に住む左官《さかん》の職人だよ」

「いま、いるかな？」

くわしく話を訊いてみたい。

「まだだろう。でも、暮れ六つ前にはたいがい帰って来るよ」

「じゃあ、お前の長屋の前で待ってようか」

寒いのでしばらくは陽《ひ》の当たる道端に腰をかけて待ち、暮れ六つ近くになってから三人は長屋の路地に入った。

早苗が飴《あめ》玉を二つ持っていて、自分はそれを一つ口に入れると、もう一つは二人で代わる代わる舐《な》めればと渡して寄こした。

「え、交代で舐めるのかよ。嫌だなあ」

夏之助がそう言うと、松太郎も、

「おれだって嫌だよ」

と、言った。

「じゃあ、こうしよう。おいらが半分ほど舐めたあと、お前はちょっと洗ってつづきを舐めろ」

「それならいいや」

三人で飴を舐め、松太郎の番になったころ、左官の喜助がもどって来た。まだ若い。二十代も半ばくらいだろう。

「喜助さん」

と、松太郎が声をかけた。

「おう、ご浪人さんの息子じゃねえか」

「昨夜の騒ぎだけど、ほんとに幽霊だったのかい？」

「いま、思うと、幽霊に似ていただけかもな」

「似ていたってなんだよ」

「色が真っ白で、痩《や》せていて、笑うとき、ちょっと口を斜めにして、こんなふうに笑ったりしたもんだからさ」

「それであんなに騒いだの？」

「暗いところで見てみなよ。たまげるから」

夏之助が口をはさむ必要もなく、だいたい、想像がついた。

この喜助という人の空騒ぎだ。幽霊のわけがない。

でも、厠にいたのにはもちろんなにか訳がある。

喜助が家に入るのを見送ってから、

「でも、その女と黒助とは、なんか関わりはあるのかな?」

と、早苗は言った。

「そりゃあ、あるに決まってるさ」

夏之助は大きくうなずいた。

「やっぱり、黒助がどんな仕事をしてるかだよね」

「うん。こうなるとあとをつけるしかないか」

だが、今日はもうできない。明日の朝、やってみることにした。

夏之助と早苗が家にもどろうとして、通りに出ると、奉行所の中間《ちゅうげん》みたいな人が海辺のほうに駆けて行くところだった。かなり慌てたようすである。

「なんかあったのかな?」

早苗が言った。

「そうみたいだ」

「ねえ、見に行こうか」

「なんだよ、女のくせに。誰か、殺されたりしてるのかもしれないんだぞ」

「そうか」

「だが、おいらも見たい気持ちはある」

「なによ」

「行こうか」

そう言うと、二人はすぐ駆け出した。

「待ってよ、夏之助さん」

「お前は走るな。暗いから転ぶぞ」

そう言ったあと、ずっと前にもこんな夜があった気がした。両国《りょうごく》の花火を新大橋《しんおおはし》あたりで眺めた帰り道で……。あるいは、鉄砲洲《てっぽうず》稲荷の横っちょで狐のお化けを見て驚いて逃げたときも……。早苗とは大昔から、こうして走っていたのかもしれない。

鉄砲洲の浜辺に出ると、河岸のところで御用提灯《ごようぢょうちん》が固まっているのが見えた。

「あそこだ、土左衛門《どざえもん》かな」

「そうみたいね」

恐る恐る近づくと、横たわっている人が見えた。

上半身に筵《むしろ》がかぶせられているが、膝《ひざ》から下が見えていた。真っ白で、水ぶくれのようになった足が見えた。

すぐそばにいた同心が、ちらりとこちらを見た。痩せて、背が高い。見覚えがあるような気はするが、名前は知らない。

「やっぱり見なければよかった」

と、早苗が暗い顔で言った。

「そうだな」

「かわいそうだもんね」

「まさか……」

夏之助が小さく言った。

「まさか、なに？」

「松太郎の長屋に出たのは、あの人の幽霊じゃないよな」

他愛《たわい》ない連想だが、つい口に出してしまった。

「そんな馬鹿な。昨夜の幽霊は痩せていたって言ってたじゃない」

「あの女の人の足から想像したら、痩せてるわけないよな」

「でしょ」

早苗は自信ありげに言った。

だが、幽霊になると、皆、瘦せ細るものなのかもしれない。

暮れ六つの鐘を聞きながら、夏之助と早苗が八丁堀の家の前にもどって来ると、

「うわっ。びっくりした」

「なんだよ」

早苗の声に夏之助も身をすくませた。

「幽霊かと思った」

「やぁあねえ、あんたたち」

聞き覚えのある声である。

芸者のぽん太だった。

「ねえ、洋二郎さんを呼んで来て」

「あ、はい」

早苗が中に入って、洋二郎を呼んで来た。

「どうして来てくれないの？」

「忙しかったんだよ」

「浜代《はまよ》ちゃんって知ってるでしょ」

「ああ」

「八日ほど前にいなくなって、さっき遺体が見つかったの」

ぽん太の言葉に、夏之助と早苗は思わず顔を見合わせた。

「え」

「それって、もしかして鉄砲洲のところの？」

早苗が訊いた。

「そう。あんたたちも見たの？」

「はい。いま、通ってきたところだったんです」

「八日前に、油堀《あぶらぼり》沿いの料亭の近くで、揃《そろ》えて置いた下駄があって、もしかしたら身投げかもしれないと番屋が預かってたのよ。それでさっき確かめたら、浜代ちゃんのものだから、飛び込んだのだろうって」

「浜代が？」

洋二郎は意外そうな顔をした。

「でも、浜代ちゃんに死ぬ理由なんてないよ」

「うん。明るい子だったしな。そうか、もっと早く探してやるべきだったかな」

話をわきで聞いて、早苗は責任を感じた。

「ごめんなさい。ぽん太さんに聞いたとき、もっと強く言って、洋二郎叔父さんに行ってもらえばよかったのに」

「いや。おいらもいい加減に聞いたのが悪かったんだ」

「ねえ、洋二郎さん。担当の人に、もっと、ちゃんと調べてくれるように言ってよ。飛び込むわけがないって」

　ぽん太は洋二郎に言った。

「ああ。でも」

「なあに」

「昨日から月が替わっただろ。北町の当番から南町に移ったんだよ。北町の当番だったら、兄貴に頼んでいろいろ融通も計ってもらえるんだが、南町だとなあ」

「そういうものなの」

「あいにくだがな」

　洋二郎はほんとにすまなそうな顔をした。

六

翌朝――。

夏之助と早苗は、松太郎の長屋にやって来た。

いつ出かけるかわからないので早めに着いたのだが、まだあたりが臭っている気がする。

「待っているときは、これがいちばんだよ」

と、早苗が今日も持っていた飴を舐《な》めていると、まだ飴の大きさが半分にもならないうちに黒助が出て来た。

厠に落ちたときの着物はどうしたのか、やけにさっぱりした身なりで、爽やかな顔をしている。

本湊町から堀沿いに京橋まで出て、それから大通りを日本橋のほうへ向かう。

二人も飴を舐めながらあとを追った。

「なんか、あたしたち、最近、人のあとばっかりつけてるよね」

早苗は面白そうに言った。

「ほんとだな」

「でも、しょうがないよね」

「なんで、しょうがないんだ？」

「だって、奉行所の人たちなら、直接いろんなことを訊けるけど、あたしたちはなにも訊けないんだよ。黒助だって十手《じって》を見せてどこで働いているんだって訊けば、教えてくれるだろうけど、あたしたちが訊いても答えるわけないよ」

「そりゃそうだ」

「だったら、こうやってあとをつけるしかないでしょ」

「うん」

「でもさ、訊いてすぐ答えをもらうより、こうやってあとをつけてると、いろんなものが見えてくるよね」

「見えてくる。癖とかな」

しかも、言葉には嘘が混じるが、つけているのを知られなければ、後ろ姿は嘘をつかない。

「好みなんかもわかったりするよね」

「ああ、面白いよな」

「あたし、今度、夏之助さんのあと、つけてみようかな」

「つけるのかよ」

なんか嫌である。

「嘘。やんないよ」

「やんないのかよ」

すこしがっかりである。

「だって、つけなくても、だいたいわかるし」

「そうかもな」

夏之助は情けない気持ちになってうなずいた。毎日、ほとんど判で押したような暮らしである。

黒助は、通《とおり》四丁目の大きな線香屋の前で立ち止まった。看板には〈春高楼《しゅんこうろう》〉とあり、その下の小さな看板には「天正三年、京都にて創業」と書いてあった。

「え、この店？」

早苗が驚いたように言った。

「どうした？」

「この前、教えたでしょ。深山香っていういい匂いの線香を売ってるって」

「あ、ここだっけ？」

夏之助は店のことなどすぐに忘れてしまう。

「おはようございます」

店の前にいた男が、黒助より先に挨拶した。

「おう」

黒助は店のわきから奥に入って行った。

「見た、いまの？　番頭さんみたいな人が、ていねいに挨拶したよ」

「まさか、あるじじゃないよな」

「あるじが長屋に住む？」

「でも、番頭より偉いんだ」

夏之助がそう言うと、早苗はすこし考えて、

「なにか特殊な力があるんだね。その人がいないと、商売が危うくなってしまうような」

「線香づくりの職人なんだ」

「匂いだよ」

「そう、ほらな、たぶん匂いの達人なんだ」

もやもやしていたのが、やっとはっきりしてきた。やはり、匂いがカギなのだ。

「そうは見えないけどね」

「まったくだ」

牢《ろう》破りの達人にだったら見えるのに。

「ねえ、店の中をのぞいてみようよ」

「嫌だよ。こんな上品そうな店。だいいち、おいらたちはどう見たって客じゃないから追い出されちまうよ」

「馬鹿ね。老舗《しにせ》とか、一流のお店はそんなことしないよ。あたしたちが十年後にはお得意さまになっているかもしれないんだよ。そういうことを怠けずにやって来たお店が、老舗になって生き残ってるんだから」

早苗は、まるでお旗本のお姫さまみたいに、ゆっくりと中に入った。だが、後ろから見ると、つんつるてんの着物を着た、与力よりもっと格下の家の小娘みたいに見える。

「いらっしゃいませ」

手代がていねいに頭を下げた。

「すごく素敵なお店ですよね」

口調は大人っぽい。

「ありがとうございます」

「いつかこういう香りに囲まれて暮らしたいなって思ってるんですが」

「ぜひ」

「いろいろ知っておきたいなって思って」

「どうぞ、ご覧になってください。見本のお香も焚《た》いたりしていますので」

手代は手のひらを傾けるようにして、奥も見るように勧めた。

「ほらね」

と、早苗は夏之助に目配せし、

「いい匂いですが、こういう匂いって、何からつくられるんですか？」

「いろいろですよ。香木《こうぼく》もあれば、鹿《しか》の角みたいなものもあるし、それらを混ぜ合わせるのです」

「手代さんが？」

「あたしにはできません。恐ろしく鼻の利く、匂いの達人がおりましてね」

「へえ」

「そういう人は、ほんとにあらゆる匂いを嗅《か》ぎわけるのです。驚きますよ……あ、いらっしゃいませ」

話の途中で、今度こそお旗本の奥方みたいな人が、女中を伴なって入って来た。

もう早苗の相手などしてくれるわけがない。

「夏之助さん。出よう」

「うん」

「さっきの話、聞いたよね」

「ああ、黒助のことだよな」

「でも、そんな人がどうして、最悪の臭いの中に飛び込んだりするわけ?」

早苗は顔をしかめて言った。

「そのカギはたぶん厠に出た幽霊だな」

「幽霊?」

「なんとなくわかって来た。この近くにもう一軒、線香屋ってあるかな」

「あ、ある、ある。すぐそこの向かいっかたに」

と、早苗は指差した。

「ちょっと行ってみよう」

一町も離れていない。これだけ近いと、お互い商売敵になっているだろう。

こちらの店も大きい。〈桃雲堂《とううんどう》〉という看板など、春高楼の倍ほどある。間口も倍とはいかなくても、三間分くらいは大きいのではないか。

ただ、夏之助の目からしても、老舗の風格というのでは劣る気がする。さっきの店のような親切さはなくて、二人がのこのこ入ったりすると、こちらは追い返されそうである。

しばらく見張っていると、奥から若い女が出てきた。

色が白く、痩せている。

「なあ、早苗。いまの女の人、幽霊に似ていると思わないか」

「うん。言われてみれば。え、夏之助さん。もしかして」

「松太郎の長屋に出た幽霊は、あの人かも」

「そうなの」

「笑顔を見せてくれないかな」

「かんたんだよ」

「嘘だろ」

早苗はいきなり駆け出した。

「きゃっ」

変な恰好で転んでみせる。わざとらしいのではないか。

「あら、大丈夫？」

女の顔から斜めの笑いがこぼれた。この人の癖なのだろう。

七

それから三日ほどして——。

黒助が長屋を出ることになった。

昨夜から引っ越しの支度が始まったというので、松太郎が報せてきた。

「夏之助は謎を解いたって言ってたけど、いなくなったら確かめようもなくなっちまうぞ」

昨日、道場で会ったときに、松太郎にはそう言ってあったのだ。

「ほんとだ」

早苗を誘うか迷っていると、ちょうど生け垣の外に現われた。

「あれ？」

「松太郎さんが慌てたみたいに夏之助さんを呼ぶ声がしたから、どうしたのかなって思ったんだよ」

「よし。じゃ、行くか」

「夏之助さん。また、学問所を怠ける気?」

「今日は休みだよ」

三人で駆けた。

「おい、霜柱《しもばしら》が立ってるぞ」

夏之助が震えたみたいな声で言った。

その上をわざわざ踏みながら行く。足の裏で、さくさくいう感覚が面白い。

「どうりで昨夜は寒かったはずだよな」

「あたし、炬燵《こたっ》で寝ちゃったんだよね」

「いいなあ。うちはそんな贅沢《ぜいたく》させてもらえねえよ」

松太郎は羨ましそうに言った。

黒助が、朝早くから仕事に行く長屋の住人に挨拶をしているところだった。白い息が、朝の光で煙のように見えている。

「短いあいだでしたが、お世話になりました」

と、黒助は住人たちに手ぬぐいを渡していた。ずいぶん気前がいい。

「おう、達者でな」

別れのようすは、なにか胸に染みてしまう。

「大家さんに、ご迷惑をおかけしまして」

「ほんとにふた月のあいだに四度も厠に落ちる人なんて見たことも聞いたこともなかったよ」

大家が笑った。

「お詫びのしるしに、長屋中にいい香りを染み込ませていきますので」

黒助はそう言って、たくさんの線香に火を点《つ》けた。

「ああ、ほんとにいい匂いだ」

「黒助さんは、通四丁目にある線香屋の職人だったんだと」

「粉をつくってるんじゃねえのかい」

「線香の粉なんでさあ」

「なるほどな」

黒助はもうここから出て行きそうだったので、夏之助は早苗を押し出すようにした。早苗のほうが、自分より上手に話せる気がする。

早苗はうなずき、

「もう、落ちなくてもいいんですか？」

と、黒助のそばに寄って訊いた。

「え？」

「わざと落ちてたんですよね。匂いをごまかすために」

「誰だい、あんたたちは？　そういえば、何度か見かけてるよな」

黒助は警戒するように言った。

「ここの田島松太郎の友だちです。松太郎に変な人がいるって聞いて、なんでそんなことをするんだろうって」

「わからねえだろ」

「いいえ、わかりましたよ」

「なんだい？」

「黒助さんは、いま、大家さんが言った線香屋の香りの職人なんでしょう」

「へえ」

「それで、新しい香りの線香をつくろうとしているんだと思いました。でも、黒助さんのつくろうとしている香りを盗もうとする人もいるんですよね。その人は、黒助さんのあとをつけていた」

「それで？」

「黒助さんの着物とか身体に染みついた匂いを嗅ぎ取られると、新しくつくろうとしている線香の匂いが盗まれてしまう。それで、その匂いをごまかすため、咄嗟《とっさ》に厠へ飛び込んだ」

「驚いたね」

「当たってます？」

「ああ」

「でも、たぶん、その新しい香りが完成したかして、もう逃げ回る必要もなくなったんでしょ？」

「そう。昨日、無事に品物を納めたのでね。名前は言えないけど、大きな藩が代々の殿の命日などに使うため、大量に購入してくれるものなのさ。ただ、御台《みだい》さまが香りにうるさい人で、独特の匂いを出すのが大変なのさ。ま、ほとんどはよくある香料を組み合わせているんだが、最後に一つだけ、意外なものを加えるんでな」

「それを商売敵が盗もうとしたんですね？」

「ああ。値段を下げ、同じ匂いだったら、いくら大藩でも安いほうを買ってしまうわな」

「でも、調合する日だけでも、長屋にもどらず、あの店に泊まったりはできなかったんですか？」

「おれもそうしたかったけどな。どうも、あの店に密偵《みってい》らしき者がいるかもしれないっていうので、長屋にもどることにしていたのさ」

「それにしても、なにも厠に入らなくてもって思ってしまうんですが」

「そうだろうな。おれだって思ったさ。だが、香りに鋭い者は、わずかでも着物についた匂いで勘づいてしまったりするんだよ」

「着物の残り香で？」

　早苗は信じられないという顔をした。

「じゃあ、お嬢ちゃんが最近食べたものを当ててみせようか」

　黒助はそう言って、早苗の着物の袖《そで》のあたりに鼻を近づけた。

「朝は納豆と、あぶらげの味噌汁《みそしる》だよな。飴はしょっちゅうしゃぶってるなあ。虫歯に気をつけねえと駄目だぜ。ん？　でも、お宅はいろんなものを食べたりする家だね。ほかの家より匂いが多彩だよ」

「凄い」

　ほんとに当ててた。

これで、黒助の話に嘘はないとわかった。

「あのう。いま、思ったのですが……」

夏之助が、おずおずといった調子で言った。

「なんだい?」

「もしかして、その最後に一つ加える匂いって、この厠の匂いに似ているんじゃないですか?」

「……」

黒助の顔がぎょっとしたように見えた。

「ほら、よくお汁粉《しるこ》とかでも甘さをひきたたせるため、塩を足すっていいますよね。それといっしょで、いい香りを引き立たせるため、変な香りをちょっとだけ入れるってことはないのかなって思ったんですよ。それだと、黒助さんが厠に飛び込んだ理由もすっきりするので」

夏之助がそう言うと、黒助はとびきり怖い顔——黒助の性格を知ってしまうと、もうそんなに怖くはないのだが——をして見せて、

「坊ちゃん、いまの話は、ぜったいにないしょにしといてくれよ」

と、言った。

第四章　悪い金太郎

一

永代橋を渡って来るその少年は、背丈は五尺二寸（約百五十六センチ）くらいだろう。

だが、みっしりと肉をつけている。肩のあたりも盛り上がっている。お腹《なか》も太い。金持ちが食べすぎてぶよぶよになったという身体ではない。力仕事をして、それで腹いっぱい食べてというのを繰り返してできた、頑丈そのものの身体である。

寒いのに、ふんどし一丁という、ほとんど裸の身なりである。ただ、大きな腹がけはしている。

この姿を見た人は、誰もが笑顔になった。おなじみの英雄にそっくりだからである。


「あ、金太郎だ」

「ほんとだ。金太郎がやって来るぞ」

まさに、絵草子や芝居で見る金太郎そっくりなのだ。

金太郎は、川風が吹きすさぶ永代橋の上を、手を大きく振りながら歩いてくる。笑顔である。皆に注目されるのが嬉しいのだ。

「ようよう、金太郎」

「今日は、熊《くま》のお供はいないのかい？」

「まさかりを忘れてるぜ」

からかいの声も混じるが、金太郎は気にしない。ゆっくりと橋を渡り終え、霊岸《れいがん》島《じま》のたもとへとやって来た。

「これか、見せたかったのは」

夏之助が笑いながら言った。

隣に早苗もいて、愉快そうに微笑んでいる。

昨夜は、昔、道場の友だちを通じて知り合った三太郎《さんたろう》がやって来て、「明日、面白いものを見せるから、永代橋のたもとに来てくれ」とのことだった。

それで来てみたら、これだった。

三太郎が金太郎になっていた。そっくりである。当人もなり切っている。

「なるほど。あいつは誰かに似てると思っていたら、金太郎だったのか」

「三太郎さん、恥ずかしくないのかな」

「そういうことは平気なんだよ」

早苗も三太郎のことは知っている。去年の冬は、柳瀬の家で餅《もち》つきを頼んだ。もともと霊岸島の米屋で働く若者で、力自慢のお人よしである。三太郎は以前、半年ほど渡辺市右衛門一刀流道場に通っていたことがあり、それで夏之助たちとも友だちになっていたのだ。

――ん？

夏之助が目を瞠《みは》った。野次馬の中にいた若い女の顔に目がいった。ひどく、怯《おび》えた顔をしていたのだ。

「なあ、早苗。あの人の顔を見て。ここから四、五人目にいる人」

「うん」

早苗も見た。

「怯えているみたいね」

「そうだろう？」

「しかも、嫌がっているみたい」

「ああ」

女は踵を返し、〈甘味・三原堂〉とのれんが下がった店に入っていった。どうやら、その店で働いているらしい。

「どうしたんだろうね？」

「怖がりようが普通じゃなかったよな」

「まさか、金太郎に怯えたってことはないよね？」

「それはわからないさ。世の中には、金太郎が嫌いな人だっているかもしれない」

「どんな人？」

「子どものころ、金太郎に扮《ふん》したやつにひどい悪戯《いたずら》をされたりしたら、金太郎はずっと大嫌いだと思うな」

「あ、そうだね」

「あるいは、金太郎に扮した三太郎に怯えたのかな？」

夏之助がそう言うと、

「それはあり得ないよ」

早苗は笑った。

夏之助も早苗も三太郎のことはよく知っている。ほんとうに滅法《めっぽう》、気のいいやつなのだ。

ところが、そんな三太郎がひどい目に遭った。

二

道場での稽古の合い間に、牛添菊馬がやって来て、

「ほら、米屋の三太郎」

「うん。金太郎になった三太郎だろ」

「あいつ、昨夜《ゆうべ》、誰かに殴られたらしいぜ」

この道場には、町人の子どもが何人か習いに来ている。そのうちの誰かに聞いたらしい。

「え。あんな力持ちがか?」

夏之助は驚いた。

とにかく三太郎の力というのは並ではないのだ。剣術の腕はそれほどでもなかっ

たが、打ち合っている途中で相手を捕まえ、頭上に持ち上げるというのが得意技だった。「おいらは重そうなものを見ると、持ち上げたくなるんだ」と言っていて、じっさい道場の中にも、持ち上げられた大人が何人もいたほどである。

「いくら力持ちでも、闇《やみ》の中から急に現われて、棒でぽかっとやられたらどうしようもないよ」

「ひどいことするなあ」

この話を、道場を出たところで会った早苗に伝えた。

「まあ、三太郎さんが」

「あいつがそんなことをされるなんてどうなってるんだろうな」

「人違いなんじゃないの？」

「あるいは、誰かをまた持ち上げたりして、そいつが恥をかかされたと怒ったのかも」

三太郎を恨むといったら、それくらいしか考えられない。

「ねえ、お見舞いに行こうか」

「そうだな」

三太郎の家は、以前はこの近くだったが、いまは永代橋を渡ってすぐの、深川《ふかがわ》の熊井町《くまいちょう》にある。夏之助と早苗は、二度ほど行ったことがある。

長屋住まいで、船人足《ふなにんそく》をしている父親は出かけていて、三太郎は一人で寝ていた。

母親は子どものころに亡くなっている。

寝ながら干し柿を齧っていたところだったが、三太郎は二人を見るとはね起きて、

「おう、夏之助に早苗ちゃん」

と、嬉しそうな顔をした。

「どれ、大丈夫か？」

夏之助は頭の横を触った。

大きなコブができていた。

「あ、痛《い》たた」

「冷やしたほうがいいよ」

早苗は手ぬぐいを水にひたして、三太郎の頭に載せてやった。

だが、顔色はいいし、元気もある。そうたいした怪我《けが》ではなさそうである。

「相手の顔は見てないんだろ？」

夏之助は訊いた。

「いきなり後ろからだったからな。でも」

「なんだ？」

「たぶん、二人組だったよ」

「たぶん？」

「うん。お互いでなにか話してたし、逃げていくときの足音も二人だった気がする」

姿は見ていなかったらしい。

「思い当たることはあるのかい？」

「思い当たること？」

「恨まれているとか」

「ないよ」

三太郎は無邪気な顔で首を横に振った。

「誰かを持ち上げたりしてないかい？　それで恥をかかされたって恨んでいるかもしれないぞ」

「最近、米俵以外のものは持ち上げてないんだよ」

「懐を探られたりもしてないだろう？」

「してないよ。それに、おいらは銭なんか持ち歩かないからな。探ったって無駄だよ」

三太郎は自慢げに言った。

「でも、誰のしわざか調べてもらってるんだろ？」

「うん。この近所の岡っ引きの親分が調べてくれるそうだ」

「ところで、三ちゃんはどうして金太郎の恰好なんかしてたんだ？」

「金太郎の腹がけをもらったからだよ」

「もらった？」

「ああ。この長屋にいた人が、急に引っ越すことになって、仕事で使ってたやつだけど、あげようかって言うから」

「まさか、その人と間違えられたんじゃないだろうな？」

「その人は、がりがりに痩《や》せて、背の高い人だったぜ。真っ暗闇でもおいらとは間違えないよ」

「そうか。でも、それはもう着ないほうがいいと思うよ」

「このせいか？」

「そんな気がするよ」

夏之助がそう言うと、三太郎は残念そうな顔をした。皆に金太郎に似ていると言われ、よほど嬉しかったのだろう。

夏之助と早苗は外に出た。

「あの人に訊くと、なにかわかるかもしれないな」

「あの人？」

「ほら。三太郎を見て、ひどく怯えた」

「ああ。甘味屋の？」

「そう。行ってみよう」


永代橋の途中で、夏之助は足を止めた。

本来、橋の上というのは、立ち止まってはいけないことになっている。だが、昼間の空いているときなら、橋番もうるさく言ったりはしない。

「どうしたの？」

「うん、ちょっと」

夏之助はまず上流側の左右を眺め、それから下流側の左右を見た。

永代橋から見る景色は、まさに絶景である。

橋そのものが湾曲しているので高さがある。しかも、洪水のとき流されないように、たもとは土盛りしてあるから、その分も高くなっている。本願寺の屋根の上から周囲を見回すようなものである。

ましてや、河口は石川島で二手に分かれ、はるかに江戸湾が広がっている。秋空の下、海は深い青をたたえていた。

「きれいだね」

「うん」

「でも、ちょっと怖いね」

早苗はそう言って足元を見た。

橋の上というのはすごく揺れるのだ。ましてや、永代橋というのは昔、人の重みで落ちたことがあるというのは有名だから、恐怖心があるのだろう。

「怖い？　ああ、揺れるからね」

夏之助はほかのことが気になっている。

「なに見てるの？」

「あれ」

橋より少し上を指差した。

凧《たこ》が上がっている。

「凧上げの季節だね」

「ああ」

冬の強い風を受け、凧は青空を高々と舞っている。

「夏之助さんもやりたいの？」

早苗はからかうように言った。

「凧揚げなんかやれるか」

ほんとはしたい。じっさい凧揚げというのは、面白い遊びなのだ。風と自分が一体になるような心地よさがある。

でも、十四にもなってまだ凧を上げているのかと笑われる。

「ほら、いま、上がっている凧」

と、夏之助は左手の稲荷河岸《いなりがし》あたりを指差した。

「うん」

「金太郎だ」

「あ、ほんと」

「こっちにも、あっちにも」

「うん」

「いま、数えた。二十一あるうちの、四つが金太郎の凧だ」

「数えてたのね」

「この前も同じやつを見たんだ」

「同じやつ？」

「流行《はや》ってるのかな、金太郎？」

夏之助は首をかしげた。


甘味の〈三原堂〉は空《す》いていた。窓際に女二人の客がいるだけだった。

「二人であんみつ一つじゃ駄目ですか？」

早苗が肩をすくめながら訊いた。そんなことは、夏之助にはぜったい訊けない。

「いいよ。空いてるから」

感じのいい人である。

あんみつが運ばれてきたとき、

「じつは、お姉さんにお訊きしたいことがあったんです」

と、早苗が切り出した。店に入る前、ここは早苗が訊き役になると打ち合わせてあった。

「なに？」

土間から畳への上がり口に腰をかけた。

「お姉さんは……」

「おみつって呼んで」

「おみつさん。金太郎が嫌いでしょ」

「うん、嫌い」

「その訳を教えてもらえたらと思って」

「あまり言いたくない話なんだけど」

おみつはうつむき、着物の裾《すそ》をていねいに合わせるようにした。

「そうですか？」

「なんで知りたいの？」

「おみつさん、昨日、永代橋を渡ってくる金太郎を見て、すごく嫌な顔というか、怯えたような顔をしたでしょ？」

「ああ、あのときね」

「金太郎って、皆の英雄ですよね。子どものときから親しんでますよね。でも、まったく別の表情だったから、凄く心に残ったんです」

「そうなのね」

「昔から嫌いだったんですか？」

「そんなことないよ。そりゃあ、あたしだって昔は金太郎が大好きだったよ」

「それで、あの金太郎になっていた三太郎というわたしたちの友だちが、昨夜、何者かに襲われたんですよ」

「そうなの」

「なんとか、ひどいことをしたやつらを突きとめたいなって思って」

「そういうことなのね」

「でも、言いたくないなら仕方がありません」

おみつはちょっと考えるようにして、

「深川に〈金太郎金《がね》〉という百一文があるのよ」

そう言って、また着物の裾を合わせた。乱れるのが気になるのか。

「百一文」

「知ってる？」

「お金を貸すところですよね？」

たしか、朝、百文を借りて、夕方返すときは百一文にして返す。一文は利子というわけである。

わずかな利子に思ってしまうが、一年（旧暦）借りたら三百五十文ほどになってしまう。とんでもない高利貸しなのだ。

「あたしのいい人……為蔵《ためぞう》って名前で、いっしょになる約束をしていたんだけど、そこからお金を借りたのよ。最初は百文ずつ借りていたのが、段々ふくらんで、しまいになかなか返せないような額になってしまったの」

「ああ、そうなっちゃうんですね」

早苗は同情した口ぶりで言った。夏之助には、正直、よくわからない話である。

「もちろん、取り立てが始まったわ。ああいうところは、いっきに厳しくはしないの。何度も何度も取り立てていくわけ。利子ばっかり払って、借りたお金の何倍も払っているのに、借金の額はふくらんでいくばかりなの。もちろん、取り立てはだんだん厳しくなっていくんだよ」

「そういうものなんですね」

「そうよ。がんじがらめ。悩んじゃってね」

「ああ、かわいそう」

「その先は、最悪の結果よ。もう聞かないほうがいいよ」

そう言って下を向き、また着物の裾を合わせた。

どうやら、それは癖のようなものらしい。

「はい」

早苗もそれ以上は聞きたくない。

「借りたほうが悪いって言えばそうなんだけど、なまじ金太郎に親近感があるから、安心して借りてしまうんだろうね」

「そうですね。金太郎の絵があるのとないのとでは、敷居の高さがぜんぜん違っちゃうんでしょうね」

「鬼の絵でも描いておくべきだよね」

おみつは皮肉な笑いを浮かべた。

「それが深川にあるんですか？」

「ここんとこ、いっぱいあるんだよ。永代寺の周辺とか、日雇いの仕事をする人が多いところにできてきてるの」

深川の奥のほうである。

だいたい、あのあたりだろうと見当はつく。そこらはごちゃごちゃして、活気があって、だが浅草あたりと比べると、どこか怖い感じがする。ああいうところに行くと、八丁堀という町が、いかにきれいで安全な町かがよくわかるのだ。

三

夏之助たちは表に出た。

あんみつは、ほとんどを早苗が食べてしまった。

「三太郎さんがお金を借りたわけないよね」

と、早苗が言った。

「どういう意味?」

「もしかして、三太郎さんが金太郎金からお金を借りて返さないものだから、取り立ての人たちが怒って襲ったというのはないよね?」

「ないよ。それに、貸したほうは、相手を痛めつけたりはしないよ。働けなくなって、お金を稼げなくなったら、利子の取り立てもできないんだから」

「そうだね」

「金太郎金って、どういうところか見て来ようか?」

「うん」

二人はまた深川に引き返した。

永代橋を渡るのには、一人二文がいる。子どもはときどきおまけしてもらえるため、小柄な二人はたまに見過ごしてもらったりする。だが、今日の橋番は厳しくて、行きも帰りも催促された。もう今日は、帰りの分のほか、なにも買ったりはできない。

永代寺の近くに、その金太郎金の店はあった。

「あれだ」

夏之助が〈金太郎金〉と書かれた看板を指差した。

「そうだね」

さりげなく近づいた。

小さな店である。間口は二間ほどだろう。人が並んでいる。ざっと二十人ほど。繁盛しているのだ。

前を通り過ぎながら、正面から中をのぞいた。

店は奥行きがあり、手前から奥に向かって、手代が横向きに四人ほど並んで客の相手をしていた。

いずれも、着物の上から金太郎の腹がけをしていた。三太郎がしていたのと、まったく同じものである。

入り口の頭上にもう一つ、大きな絵看板が掲げられている。金太郎が腹がけして四股《しこ》を踏んでいる絵だった。

「あれ、あの絵？」

「うん、凧とまったく同じ絵だ」

凧の絵は、凧師が描いたのではなく刷ったもので、ここが配るかなにかしたものかもしれない。

「子どもの英雄を、高利貸しの顔にするなんて、ほんと納得いかないよね」

「うん。そう思う人たちもいるだろうな」

「三太郎さんは、そういう人たちに殴られたんだよ。あんな腹がけをしてたから、金太郎金で働いているやつと間違えられたのね」

「たぶん、そうだろうな」

「まったく同じ腹がけだもの」

「三太郎にも、金太郎の恰好は、もう絶対にやめろって言ったほうがいいな」

さっきも忠告はしたけれど、やめたほうがいいくらいの、軽い忠告だった。

「あ」

早苗がふいに目を瞠った。

「どうした？」

「隠れて」

わきに隠れた。

なんと、早苗の叔父の洋二郎が並んだではないか。しかも、後ろめたそうなようすはなく、隣に並んだ男と笑顔で話したりしている。

「叔父さん。あんなところからお金を借りたりもしてるんだ」

「洋二郎さんはケチじゃないからな。おいらにもときどきおごってくれるし」

「借りたお金で人にごちそうしてちゃしょうがないよね」

早苗はかなりの剣幕《けんまく》である。

「でも、行けば誰でも借りられるものなのかな」

夏之助は首をかしげた。

「どういう意味？」

「だって、嘘の名前とか、嘘の住まいを言われたら、逃げられたってどうしようもないだろう」

「なにか、身元がわかるものはいるんだろうね」

大勢並んでいても、四人の手代がてきぱきと応対するので、どんどん前に進んでいく。洋二郎もまもなく中に入り、いちばん手前にいた手代といろいろやりとりをしたあげく、にやにやしながら出てきた。希望通りの額が借りられたのだろうか。借りた金を巾着《きんちゃく》に入れるのも見えた。

「百文とかじゃないよね」

永代橋のほうに行く洋二郎の後ろ姿を見送って、早苗は言った。

「うん。銀で借りてたみたいだ」

「いくら借りたんだろう？」

「ううん」

大きなお金を持ちつけないから、あまりぴんと来ない。

「いくらまで貸してくれるんだろう？」

「聞いてみようか」

「わたしが訊くよ」

「いや、おいらが訊く」

と、夏之助が並んでいる人たちの横から顔を突っ込んで、店の者に訊いた。

「あのう」

「なんでえ」

さっきまで洋二郎と話していたときと急に顔が変わった。

「いくらまで貸してもらえるんですか？」

「子どもには貸さねえよ」

「父上が借りたいらしいので」

「あ、そう。百一文で貸せるのは、百文から一貫文までと決まってるのさ」

一貫文は、千文のことである。

「わかりました」

頭を下げ、早苗のところまでもどった。

家にもどると、早苗は洋二郎の部屋に行った。

洋二郎は横になって、暢気《のんき》な顔で、戯作《げさく》を読みふけっていた。

「ねえ、叔父さん」

「よう。早苗、怖い顔して、どうした？」

「お金を借りたでしょ。金太郎金で」

「え、なんで知ってるの？」

本を置いて、起き上がった。

「ちょうど深川の友だちのところに行った帰り、あの前を通ったの」

「あの前？　三十三間堂のほう？」

「え、借りたの一軒じゃないんだ！」

「しまった」

洋二郎は顔をしかめた。

「正直に言って。何軒から借りたの？」

「三軒だけだよ」

「三軒も、でしょうが。いったい、いくら借りたの？」

「あそこは百一文というところで、百文しか借りられないんだぜ」

「嘘。あたし、見たんだよ。巾着に入れるところまで」

「あら、見てたのか」

「一貫文でしょ」

「よくわかったな」

「三軒行ったら、三貫じゃない！」

「三貫なんか、早苗にとったら大金かもしれないけど、おいらにとったら……」

「大金じゃないの？」

早苗は驚いて訊いた。

「芸者を揚《あ》げて飲んだら、それくらいすぐにぱあだぜ」

「芸者遊び！」

「そんなに怒るなよ。早苗におみやげを持ってきてやるから」

「要《い》りません」

ぴしゃりと言った。

「おお、こわ」

「ねえ、叔父さん。あの感じのいい手習いの先生とはどうなったの？　芸者遊びなんかしてるのがばれたら嫌われちゃうよ」

「じつはな……」

ひどく情けなさそうな顔になった。

「このあいだ、佃島《つくだじま》においしい魚を食べさせる店があると誘ったんだよ」

「へえ、佃島にそんな店があるんだね」

しかも、佃島には舟に乗って渡る。いい景色を見ながら、波の音を聞いて、おいしい魚を食べる。女だったら、誰でも喜ぶはずである。

「はじめのうちはいい感じだったんだよ。ちょっとだけ酒も飲んでくれて、頬なんかうっすらと染まってさ」

「まあ」

「ちょっと飲み過ぎたんだなあ」

「なんか、変なこと、したんだ?」

「変なことはしないよ。ちょっと芸を見せただけ」

「どんな芸?」

「お座敷でやると、皆、爆笑するおいらの芸で、〈おしっこが間に合ったタコ〉というのがあるんだけどな」

「それ、やったんだ? 二人きりで? 差し向かいで?」

「笑わなかったんだよ。くすりともしないどころか、怖いものでも見るみたいにおいらを見てたんだよなあ」

早苗には、そのときのようすは想像がついた。

洋二郎はきっと相手の反応に気づいたのが遅かったのだ。芸に熱中しすぎて、どんな顔をしているかなんて、窺《うかが》おうともしなかっただろう。

そして、気がついたときには、取り返しがつかないくらい、白々《しらじら》とした雰囲気が漂っていたに違いない。

「笑うどころか、洋二郎叔父さんのことが怖くなったんだね」

「生真面目《きまじめ》な人というのは、笑いが嫌いなんだよな。不真面目だと受け取るみたいなんだよなあ」

洋二郎は納得いかないというように首をかしげた。

「どうしてそういうことをするの？」

「だって、楽しませようと思ってな」

「女はそんな芸なんかしてくれなくても、おいしいものを食べて、いろいろ話ができたら充分楽しいよ」

「それ、早く聞いておけばよかったかな」

「でも、謝ったんでしょ？」

「うーん」

微妙な返事をしてうつむいた。謝ったようすではない。

「謝ってないの？」

「いや、間が持てなくなって、がぶがぶ飲んだんだな」

「あらあ」

「それで、気持ちが悪くなって、帰りの舟では吐きっぱなし」

「……」

「岸に着いてから口もきいてくれず、おいらはまともに歩くこともできず、這《は》って家まで帰って来た」

そういえば、夜遅く、やたらと犬に吠《ほ》えられながら洋二郎が帰ってきた晩があった。それが、這って帰ったときなのだろう。

「それで、振られたから、今日はぽん太さんと会うんだ？」

「だって、ぽん太とはほら、あっちのことでも話があるからさ」

「外で立ち話だってできるよ」

「それは、早苗と夏之助だったら、そこらの立ち話で済むだろうけど、大人の立ち話はみっともないだろうが」

「今日、借りたお金は？　今日、返すんでしょ？」

「いや、明日でもいいんだよ」

「百につき一文だから、明日は六十文つけて返さなくちゃならないよ」

お汁粉なら、四杯は食べられる。勿体ないとは思わないのだろうか。

「まあな」

「三千六十文、返すあてはあるの、叔父さん？」

「そりゃあ、兄貴に頼もうかと」

悪びれもせず言った。

「呆れた」

早苗は頭を抱えた。

四

翌々日――。

学問所を終えた夏之助が早苗といっしょに霊岸島の米屋を見に行ってみると、三太郎はもう仕事に出て来て、元気に働いていた。

「いいの、三太郎さん？」

「無理するなよ」

「昨日から来てるぜ。もう、まったくなんともないさ」

米俵を両方の肩に載せながら言った。

「腹がけはどうした？」

「うん。捨てるのは勿体ねえだろ。だから、こうして、ほら」

着物の下にしていた。

「そうだよ、それでいいんだよ」

「いいものだよ。あったかいし」

あの深川の金太郎金の手代たちもこれをつけていた。おみつの話だと、取り立ての連中もこれをつけてやって来ていたらしい。

三太郎の長屋にいたという人も、おそらくそっちの組ではなかったか。

「どうして三太郎にくれたんだ?」

「なんか、これをしてるのが嫌になったとか言ってたぜ」

「嫌になった?」

もしかしたら、脅したりするほうだって、喜んでやっているわけではないのだろうか。

と、そこへ、

「おい、三太郎」

がっちりした身体つきの男が顔を出した。

「あ、親分」

「捕まえたぜ、おめえを殴ったやつらを」

後ろを指差した。

男二人が、それぞれ後ろ手に縄をかけた男を連れていた。四人とも若い。縄をかけられた二人はしょんぼりしている。

「いまから大番屋に連れて行くところだ」

「あの人たちが……」

三太郎は意外そうな顔をした。

「どうでえ、わかるか？」

「わからないですよ」

「だが、こいつらに間違いねえのさ」

「そうなんですか？」

「おめえを殴ったところは誰も見ていなかったが、逃げるところは橋番も見たし、いろんなやつが見てたんだ」

「へえ」

「顔、背恰好、歳、着物……それがわかれば、あとは丹念《たんねん》に足取りを追うだけでな。しかも、おそらくそいつらも金太郎金に借金があるんじゃないかと、そっちでも探りを入れたのさ。すると、この二人に突き当たったたってわけだ」

なかなか腕のいい岡っ引きらしい。

それに、やっぱり金太郎金がらみと目をつけたのだ。

「金太郎金の取り立てに追い詰められて、首をくっちまった男の仕返しなんだとよ」

それを聞き、夏之助は思わず訊いた。

「その男の名は、もしかして為蔵？」

「ああ、そうだよ」

この二人は、どうやら、おみつの許嫁《いいなずけ》の友だちだったらしい。

「もう一つ、訊いてもいいですか？」

「ああ」

「親分はどうして金太郎金がらみだと思われたんですか？」

「ここんとこ、似たようなできごとがつづいているからだよ。取り立てが厳しくて、逆に殴りかかっただの、金太郎金の店に火がつけられたりだの」

「そうなんですか……」

夏之助と早苗は、三太郎を襲った下手人《げしゆにん》が捕まったことを目の前の甘味屋で働くおみつに教えに行った。

「ほら、あの人たちですよ」

夏之助は、引っ張って行かれる二人を指差した。

「ああ、あの人たち」

「わかります？」

「うん。為蔵さんとよく飲みに行ってた人たちだよ。おっちょこちょいだけど、悪い人たちじゃないよ」

たしかに、情けなさそうな顔立ちだった。

酔っていたということだから、酒の勢いを借りたしわざだったのだろう。

「でも、捕まってしまいました」

ほかにそう悪いことをしていなかったら、三太郎の怪我もたいしたことはなかったので、重い罪にはならないかもしれない。

「どうせなら、本物を殴ってもらいたかったよね」

おみつは悔しそうに言った。

「え？」

「また、あたしのところに来たんだよ。為蔵が残した借金を払えって」

「そりゃあ、ひどい」

借りた当人は追い詰められて亡くなっている。それをさらに、家族でもないのに残りを催促するなんてことが許されるのか。

「あたしも突っぱねたよ。そんな借金、払う義理がないって」

「そうですよね」

「でも、また来るかもしれないよ」

おみつは眉《まゆ》をひそめ、うつむいて着物の裾を直した。

五

「ほんとにひどいよね」

早苗はすっかり憤《いきどお》った口調で言った。

「うん、金太郎金なんか借りたら、とんでもないことになるんだな」

「でも、金太郎金だけでなく、ほかの百一文もそうなのかもしれないね」

「ああ、なるほどな」

夏之助も納得した。

「洋二郎叔父さんは、そんなところから借りたりしてるんだよ」

早苗は、昨夜、気になって洋二郎を問い詰めた。すると、「兄貴に借りて、ちゃんと返したよ」とのことだった。

「洋二郎さんは、金太郎金のせいで、多くの人たちが困っていることを知ってるのかな?」

「知らないよ、きっと。でなきゃ、あんなふうににこにこしながら借りたりできないよ」

「だったら、なおさら洋二郎さんに言ったほうがいいよ。そこから、早苗の父上に言ってもらえばいいんじゃないか?」

夏之助の父に言っても、子どもは余計なことをするなで終わってしまう気がする。だが、早苗の父なら、詳しい話を聞いてくれるのではないか。

「わかった。洋二郎叔父さんに言おう」

二人は、早苗の家に向かった。

すると、洋二郎は玄関のところにいて、

「いまから奉行所に行くので、お前たちの話を聞いている暇はないなあ」

と、相手にしてくれそうもない。

「だったら、奉行所に行くまでの道すがらに話して聞かせるよ」

「ううん。しょうがねえな」

しぶる洋二郎に、早苗はこれまで見た話を語った。

「うーん、なるほど。そいつは厄介《やっかい》そうな話だな」

「そんな連中から、叔父さんはお金を借りたんだよ。恥ずかしいよね」

「いや、金は天下の回りもの。そんなことは気にしないさ」

「まあ、それじゃあ奉行所でもあんなひどい連中をなんとかしようとしないのね？」

「ちょっと待て。じつはな、おいらは兄貴に言われて、金太郎金のことを探っている途中だったんだよ」

「え？」

早苗は目を丸くした。

「では、あのときお金を借りていたのは？」

と、夏之助は洋二郎を見た。

「調べてたのさ」

「そうだったの！」

「だが、まあ、借りるのは百文でもよかったんだけどな」

「仕事と道楽がごっちゃになっちゃうんだね」

早苗は呆れて言った。

「それで、これから兄貴にいろいろ報告するところだったんだ。ちょうどいい。お前たちも同席しろ」

洋二郎はそう言って、北町奉行所の近くにある料亭の門をくぐった。

「ここは、兄貴とよく打ち合わせに使っているところでな」

「ふうん」

こざっぱりした料亭で、早苗が見ても変な店ではない。

「おいらは奉行所の人間ではないからな。兄貴に頼まれて調べごとをしても、奉行所で報告するわけにはいかないのさ」

「家ですればいいんじゃないの？」

「そこはほら、経費のこともあるし、姉上の目もあるし、な、わかるだろ？」

「そういうことね」

この前の借金のときに早苗が問い詰めたようなことを、母の芳野もするのだろう。

「お前ら、お昼はまだだろう？　ここの飯はうまいぞ」

洋二郎は嬉しそうに言った。

その膳が運ばれてきた。

「おいしそう」

大きなお膳に色とりどりのおかずが載っている。このほかにも、ざるに盛られたうどんまでついている。

早苗と夏之助は、夢中になって食べはじめた。

まもなく、

「待たせたな」

と、柳瀬宋右衛門が入って来た。

家で見るときより、いくらか厳しい顔をしている。

「なんだ、早苗じゃないか。おや、夏之助も」

「はい、こんにちは」

夏之助はすっかり緊張している。

「じつは、早苗の友だちが金太郎金のことで殴られたりして、金太郎のような英雄を利用するような百一文というものに憤慨《ふんがい》しているんですよ」

「だって、おそらくどこも似たりよったりなんでしょ」

　早苗の顔を見て、

「そこは子どもには難しいところなのだがな、百一文などの高利貸しが、いちがいに悪いと決めつけるわけにもいかないのさ」

　と、宋右衛門は笑顔で言った。

「どうしてですか？」

「たとえば江戸に出てきたばかりの者に百文を貸してくれる者などいるわけがないよな」

「はい」

「百一文に行けば、百文でなにか品物を仕入れて、それを売って歩くことができる。そうやって、江戸での暮らしを始め、ちゃんと暮らしていけるようになった者もいっぱいいる。その者たちは、百一文がなかったら、飢え死にしていたかもしれないのさ」

「そうなの」

「その金太郎金のことは、じつは奉行所でも聞いていた。深川で繁盛していて、今度は神田《かんだ》に出てくるらしい」

「神田に」

「そう。百一文が必要な者は、日本橋あたりにはいない。深川と神田、江戸でいちばん町人がたくさんいる町だ」

「ほんとだ」

「金貸しで大きな商売をしたかったら、札差《ふださし》になるのがいいが、これは株を得るのが容易じゃない。金太郎金の連中は、百一文のほうから、いずれ札差をめざすのだろうがな」

「そうか」

商いの道にもいろんな道があるのだろう。

「それで、わしも金太郎金のことは洋二郎に探るように言っていた」

「そうなの」

「それで、どうだ?」

宋右衛門は洋二郎に訊いた。

「したたかな連中ですね」

「やはりな」

「やっていることは百一文と同じです。ただ、取り立ては厳しいです。あの金太郎の腹がけをした二人組がやって来て脅《おど》すらしいです」

「やくざか？」

「やくざの筋はないみたいですね。金太郎金のあるじも、そう頭が回る悪党って感じはしないのです。それより、後ろにもっと強《したた》かな悪党がいるかもしれませんよ」

「ほう」

「尻尾を摑《つか》むまで、ちょっと時間がかかるかもしれません」

と、洋二郎は言った。

「早く、なんとかしてよ、叔父さん。おみつさんも困ってたよね」

早苗は夏之助に言った。

「うん」

「おみつさん？」

「そう。女房じゃないのに、いっしょにいたからって、その人の借金を返せって脅されているんだって」

早苗の言葉を聞き、洋二郎は宋右衛門を見た。

「兄貴」

「ああ。それは突破口になるかもしれねえな」

「突破口?」

早苗が訊き返すと、

「いわれのない金を払えと脅している。そこを突っつけば、罪を着せることができるというわけさ。ただ、そのおみつが調べに協力してくれるかどうかだな」

宋右衛門は言った。

「じゃあ、叔父さん。おみつさんに詳しい話を訊こうよ」

「そうだな」

三人は、おみつのところに向かった。


ところが――。

三原堂のおかみが出てきて、

「ついさっきだよ。おみっちゃんが突然、辞めさせてくれって」

「え?」

「止めたんだけど、もう、ここにいるわけにはいかないって」

荷物をまとめていなくなったのだという。ほんのちょっとの行き違いになってしまったのだ。

「なんで辞めちゃったんですか？」

早苗はがっかりして訊いた。

「なんだか、借金取りみたいのが来始めてね」

「あ」

間に合わなかったのだ。

「あいつらが来そうもないところに行くって」

「いてくれたら、証人になってもらえたのになあ」

早苗は悔しそうに、一刻ほど前におみつが座った縁台を見た。

おみつの癖が思い浮かんだ。

着物の裾を直す。

すると、まるで関係のないような光景が目の裏側あたりをかすめた。

横たえられた身体。筵《むしろ》の下からはみ出た足。

——え？

早苗の顔色が変わった。

「洋二郎叔父さん……」

「どうした？」

「大変なことに気がついた」

「なんだ？」

「浜代さんの遺体、鉄砲洲に上がったでしょ」

「ああ」

「あたしが行ったとき、筵がかけてあったけど、足元のほうが見えていたの」

「それで？」

「着物の合わせが逆だった」

「え？」

「左前になっていた」

「どういうことだ？」

「もしかしたら、殺されてから着せられたんじゃないですか？」

と、夏之助が口をはさんだ。

「そのことはなにも？」

「調べに当たっているのは南のほうだからな。早苗、それは間違いないか？」

「間違いないと思う。ぽん太さんは見てなかったかな」

「よし、ぽん太に訊きに行こう」

今度は、三人でぽん太の長屋に向かった。

ぽん太の長屋は、亀島町《かめじまちょう》にある。

亀島町というのは、八丁堀の中にまだら模様のように入り込んでいる町人地で、つまりすぐ近所なのである。

ここは長屋といっても深川あたりのそれと比べたらこぎれいなところが多く、わりに実入りのいい人が住んでいたりする。ぽん太は自分のことをまるで売れていないみたいに茶化《ちゃか》して言うが、意外に人気はあるのかもしれない。正統な人気とはちょっと違うかもしれないが。

ぽん太は例によって化粧をしている最中だった。

このあいだは、顔を白粉の中に落としたみたいに思えたが、今日は白粉を固めて顔をつくったという感じだった。それも、雪だるまみたいに白粉をころがして。

洋二郎の顔を見ると、大きな目を羽ばたきみたいにぱちぱちさせた。丸くて白いものの中に、口紅の小さな点。そして、黒く縁取られた大きな目が二つ。もしも、〈二つ目小僧〉というお化けがいるとしたら、それはぽん太のことではないか。

「おい、ぽん太。浜代の遺体を思い出してもらいてえんだよ」

「思い出そうとしなくても、思い出しちまうんだよ。かわいそうでさあ」

白い球体がむぎゅっという感じで歪んだ。

「泣くなよ。化粧が崩れるぞ」

「わかってるよ」

「浜代の着物のことなんだ」

「浜代ちゃんの着物？」

「変じゃなかったか？」

洋二郎が訊くと、ぽん太はぼんやり宙を見やった。

「そういえば、変だった」

「どんなふうに？」

「合わせが逆だった」

女たちは、細かいところをよく見ているのだ。

「ほらね」

早苗が嬉しそうに、洋二郎の肩を叩いた。

「やっぱりそうか」

「浜代さんの遺体は月が替わってから発見されたんですよね」

と、夏之助が言った。

「ああ」

「それって、月が替わるまで、発見を遅らせたってことは考えられませんか？」

「どうやって、やるんだよ。浜代は見るからに水に浸《つ》かりつづけていたみたいだったんだぜ」

「そんなのはかんたんにできると思います。たとえば、舟の底のほうに縄で縛っておけば、ずっと水に入ったままだし、月が替わったところで縄を切ればいいだけでしょ」

「なんてこった」

洋二郎は感心した顔で夏之助を見た。

「だが、なんだってそんなことを？」

「それは……」

夏之助は言い淀み、すこし怯えた顔になって言った。

「もしかしたら、浜代さんの件は、南が扱いたかったからではないですか？」

「ということは、南がなにか悪事にからんでいるってことかよ」

さすがに洋二郎の顔は青ざめている。

六

その日――。

早苗が家にもどって来ると、

「ねえ、ちょっと」

紅葉が早苗を部屋に呼んだ。

三姉妹のうち、若葉と紅葉は部屋をもらっている。早苗だけはまだ母といっしょの部屋である。ふだんはなんとも思わないが、紅葉の部屋に入ると、自分の部屋があることが羨ましくなる。

若葉の部屋はきれいに整頓《せいとん》され、趣味のいいものがさりげなく飾ってあったりする。紅葉の部屋はその逆で、わけのわからないものから高価なものまでが散乱している。

だが、不思議と紅葉の部屋のほうが居心地がいい。二人の部屋を比べると、はたして片づけることがいいことなのか、疑問に思えてきたりする。

「聞いた？　若葉姉さんの祝言が急《せ》かされてるって話？」

「そうなの」

「いいのかなあ、そんなに急いで」

紅葉は心配そうな顔をして言った。

「紅葉姉さん、相手の人を知らないでしょ？」

「あんたこそ、知らないでしょ」

「あたし、知ってるよ。このあいだ、若葉姉さんが采女ヶ原の馬場に届けものをしたとき、そっとあとをつけたんだ。そのとき、見たよ」

「そうなの」

「見た目はすごく素敵だよ」

「あたし、知ってるよ」

「え、知ってるの？」

「八丁堀の独り身の男なら、たぶんぜんぶ知ってる」

「やっぱり」

これだから紅葉は頼りになるのだ。

そして、八丁堀の独り身の男のほうも、間違いなく全員、紅葉のことを知っているだろう。道端で一目見たら、どこの娘だと訊かずにはいられないのだ。それほど紅葉の美貌は際立っている。

「どう思う、丹波右京って人?」

「駄目だよ。あいつは女たらし」

「そうでしょ」

「でも、若葉姉さんみたいな人って、意外にああいう男にまいっちゃうんだよねえ」

「やめさせて」

「やめさせるって、どうするの?」

「姉さんが言えば、若葉姉さんも聞くよ」

「でも、あたしだって、噂を聞いただけだからね。さすがに、このあたりでは悪さはしてないみたいだし」

「姉さんの見た目は信じるよ」

「たぶん言っても聞かないよ」

「嘘でしょ」

若葉はすでに心をとらわれてしまったらしい。

「でも、そうなったら、あの人がうちに入って来るんだよ」

「うん。やだよね」

「そしたら、あたし、出て行くよ。この家から」

早苗は言った。

言ったあとで、

――それじゃあ夏之助さんの武者修行といっしょだ。

と思った。できもしないことを言って、自分をなぐさめているのだ。

「やだなあ、あの人がうちに入って来るなんて」

早苗は茅場河岸《かやばがし》の川の縁に腰をかけ、流れに小石を投げつけながら言った。夏之助の帰りを海賊橋のたもとで待ち伏せて、ここに連れて来たのだった。

若葉の縁談のことは、夏之助もちょっとずつは聞いていたが、とくに興味も持たずにいた。

だが、今日はちゃんと聞いてあげないと、早苗の気が治まりそうもなかった。

「そんなに嫌な人なのか？　まだ、よく、わからないんじゃないの？」

夏之助はなだめるように言った。

「ううん。わかるの」

決めつけるように言った。

「話したこと、あるのかよ」

「ないよ。でも、わかる」

「なんだよ」

「たぶん、うちの道場にあの人が来てたら、夏之助さんはぼこすか叩かれてるよ」

「そんな、おいらが凄く弱いみたいに言うなよ」

夏之助は口を尖らせた。

「そういう意味じゃないの。とにかく、自分より弱いやつをこてんぱんにしてしまうようなやつなの。洋二郎叔父さんとか、夏之助さんとかとは、まったく違う人間て感じ」

「そうなのか」

「あの人が家に来ない方法を考えといて」

「おいらが？」

「そうよ。これは早苗の一生のお願いだよ」

早苗は手を合わせた。

そうまで言われたら、なにか考えなければならないだろう。

「あ、それとさ。金太郎金のやつら、こんなチラシまで配りはじめたんだ」

夏之助はさっき日本橋のたもとで拾ったチラシを早苗に見せた。

紙の半分は絵になっている。

例の金太郎が四股を踏んでいる図柄である。

これは店のわきにも貼ってあったし、町なかで貼り紙も見た。

「金太郎金をご利用くださいだって。安心の百一文だって」

早苗はチラシを読み、呆れた声で言った。

「なんか、悔しいよな」

夏之助の周りにいる人だけでも、三太郎がとばっちりを食って殴られ、おみつはせっかく見つけた仕事を辞めて、いなくなってしまった。

「ほんとね」

「どうにかなんないかなあ」

「大丈夫。洋二郎叔父さんが尻尾を摑んでくれるよ」

「でも、洋二郎さんは浜代って人のことでも動き回ってるんだろう。忙しいよ」

「うん。今日も朝ごはんを食べたら、急いでいなくなったしね」

「おいらたちでなんとかできないかなあ」

「金太郎金を？」

「うん」

「それは、無理だよ」

「そうだよな」

夏之助は情けない声でうなずいた。

「それは、夏之助さんが大人になって、同心になってから」

「同心になんかならないって言ってるだろ」

「あ、そうだ。武者修行に出るんだったね」

「うん」

じつは、このところどうしようか迷い始めているのだ。

武者修行だと、したくない決闘などもする羽目になるかもしれない。決闘になれば、もちろん防具をつけて竹刀で打ち合うとは限らない。それどころか、真剣の勝負になるだろう。

一回くらいは真剣勝負も経験していいかもしれない。

だが、一回では済まないような気がする。二回、三回と勝ちつづけられるのだろうか。

そんなことを考えていたら、ちょっと腰が引けた感じになってきたのだ。

だが、武者修行に行くということは、早苗だけでなく、いろんなやつに広言してきた。いまさら、あれは止めたとは言いにくい。

自分の発言に責任を持つなら、やはり一度は武者修行に出て、一年くらいで帰って来ることになるかもしれない。

「どうしたの、夏之助さん。急に元気なくなったよ」

「いや、考えていただけだ」

と、またチラシに見入った。

二人でチラシを見つづけているうち、

「ねえ、これって金じゃないよね？」

と、早苗が言った。

「え？」

「腹巻きの金という字を見て。ここんとこが玉っていう字になってるよ」

「ほんとだ」

それは刷りの具合とかいうのではなく、もともとの絵がそうなっているのだ。四股を踏んでいるため、腹巻きが皺《しわ》になり、文字も皺が寄った。そんなところまでていねいに描いたため、金という字もちゃんと見えていないだけである。

「これはさ、金じゃないんだよ」

夏之助が絵を指差して言った。

「なに？」

「ほら、山の印があるだろ、山のかたちの下に一が書いてあると、ヤマイチだよね。それといっしょ。これは山印の下に玉って字のヤマタマの腹がけをしてるのさ」

「ヤマタマ！　面白いね」

「こいつは金太郎じゃないよ。金太郎の贋物《にせもの》で、ヤマタマの回し者なのさ」

「それって面白い」

「そういうことにしちゃえばいいんだよな。金太郎金は贋物だって」

「そうだよ。そしたら、皆も、怪しいって思うよ」

「一泡吹かせられないかな」

「洋二郎叔父さんに相談してみようか」

早苗は嬉しそうに言った。

やっぱり早苗にとっていちばん頼りになるのは、洋二郎らしい。

朝早く出かけていた洋二郎だが、昼飯を食べるため、家にもどっていた。

早苗と夏之助は、庭のほうからその洋二郎の部屋に回った。

「叔父さん。これ見て」

「なんだ、これ……そうか、こんなのを配りはじめたのか」

チラシを見て、洋二郎も眉をひそめた。

「金太郎という昔からの人気者を、自分の店の金儲けに利用しているんだよ。そんなのっておかしくない」

「じつは、よそからも金太郎の評判を下げられるのは困るという嘆願《たんがん》が来ているらしいぜ」

「どこからですか」

夏之助が訊いた。

「人形屋や人形師からだよ。すでに来年の端午《たんご》の節句《せっく》に売る五月人形の制作にかからなければならない。金太郎というのは、なかでも圧倒的な人気があるんだそうだ。気はやさしくて力持ち。その金太郎が、高利貸しの人気集めに利用されるのは困るってな」

「ほんとにそうだよ」

早苗が大きくうなずいた。

「でも、こいつらはなかなか尻尾を出さないのさ。調べれば、調べるほど、こいつらの後ろには大物がいる」

「そうなんですか？」

「青洲屋《せいしゅうや》っていう薬種問屋があってな、海産物や油にも手を出している。ここのあるじはおちさって女なんだ」

「女の人ですか」

「元は大奥にいた女でな、お城を出てから商いを始めたら、わずか十四、五年で、江戸でも指折りの豪商にのし上がったのさ」

「元、大奥……」

夏之助は早苗を見た。

あの、木戸家のかどわかしの件は、まだ誰にも話していない。じつは、二人ともすっかり忘れていた。

「まあ、それはお前たちに言ってもしょうがないか。それで？」

「それで、あたしたち、考えたんだよ」

「なにを？」

「これは金太郎じゃないの。ヤマタマの回し者なのよ」

「ヤマタマ？」

早苗は、その見立てを教えた。

「これは金太郎じゃない。ヤマタマなんだ。金太郎の贋物だとしちまえばいいんじゃないかなあ」

「面白いなあ」

洋二郎は感心した。

「面白いでしょ」

「どっちが考えたんだ？」

「夏之助さんだよ」

「違うよ、早苗が見つけたんじゃないか」

「わたしは金の字が違うって言っただけだよ。ヤマタマなんだって言ったのは、夏之助さんだよ」

「でも、おいらは金の字がおかしいなんて、まったく気がつかなかったよ」

「わかった、わかった。じゃあ、二人でいっしょに考えたわけだな」

「まあ、そうです」

「それで、これを広めてやればいいんだな」

「できますかね？」

「できると思うぜ。人形屋あたりに、本物の金太郎が、贋物のヤマタマ金太郎を退治するような絵や人形をつくらせればいいんだ」

「凄い」

「おいらの知り合いには、芝居の関係者も何人かいる。芝居の中でそういう台詞《せりふ》をしゃべらせようぜ。金太郎が出てくる芝居はいっぱいあるんだから」

「それもいいですね」

「あいつら、皆の英雄を利用しやがったんだ。それを逆手に取ってやるか。ひどい連中だってことも伝えやすくなるってもんだ」

夏之助と早苗は、洋二郎にぱちぱちと称賛の拍手を送った。

すぐ動いてくれるという洋二郎に礼を言って外に出た夏之助は、

「あの話、気になるよな」

と、早苗に言った。

「あの話？」

「ほら、元大奥にいた女あるじ」

「うん。あたしも気になった」

「まさかな。大奥にいた女の人だっていっぱいいいたんだろうしな」

「でも、わかんないよ。ここらあたりで起きていることだったら、どことどこがつながっても不思議じゃないよ」

「そうだよな」

「もう一度、あのお寺で訊いてみようか？」

「お寺？」

「ほら、万年橋の近くで、大奥の代参があったっていうお寺」

「そうだな」

早苗にそそのかされるように、二人は深川に向かった。

深寿山誓運寺。

ここでお墓参りに来ていた檀家《だんか》の人に、夏之助が訊いた。

「そうさ。ここは以前、大奥から代参があったのさ」

自慢げに言った。

「それでその代参に来ていた大奥のお女中がお城を出てから商いを始めてな」

「そうなんですか」

「いまや、青洲屋といったら、京橋の近くに間口二十間もあろうという店を構えているよ」

やはりそうだった。

あのころ来ていた代参の一行に、いまは青洲屋の女あるじとなり、金太郎金を陰であやつっているかもしれないおちさという人がいたのだ。

「ちなみに、もう一つ、うかがってもいいですか？」

「なんだい？」

「ここは、八丁堀のお役人とはなにかつながりはありますか？」

「あるよ」

と、檀家の人はまた自慢げに言った。

「南町奉行所の定町回り《じょうまちまわ》り同心をなさっている山崎半太郎《やまざきはんたろう》さまと、お白洲《しらす》同心の江藤欽吾郎《きんごろう》さまのところは、ここが菩提寺になっているのさ」

「江藤欽吾郎さま……」

江藤信輔の父である。ついこのあいだ、切腹して果てたという人である。

「夏之助さん……」

「うん」

もしかしたら、木戸家のかどわかしの件は、そうしたことに詳しい人がからんでいるのではないか——夏之助はそんなふうに思ったのだ。

それはまさに、的中していたのかもしれなかった。


十日ほどしたころ——。

早苗と夏之助が歩いていると、

「あ、ヤマタマの贋金太郎だ」

という声がした。

見ると、金太郎の腹がけをした金太郎金の手代が歩いていた。

指を差され、気まずそうにしている。

指を差したほうは、夏之助たちよりは二つ三つ年上らしい町人の若者たちだった。いかにも噂好きという感じの若者たちで、じっさい、

「贋物は、やばいよな」

「ヤマタマはとくにやばいらしいぜ」

「背中にまさかり隠してるんだもの」

「死んでも取り立てに来るって話だしな」

「そういえば、人気役者の市川染五郎《いちかわそめごろう》がヤマタマ退治の芝居を打つと聞いたぜ」

と、話は止まらない。

早くも「ヤマタマ」の噂が、巷に飛び交いはじめたらしかった。

第五章　夜の青空

この世に運命というものはあるのだろうか——。
それは、わたしが生涯をかけて考えてきたことのひとつである。
一人の人間に抗《あらが》い難《がた》い大きな流れはもちろんある。
だが、それはどんな努力によっても変え難いものなのだろうか。
運命の男女。
そういう言い方はおかしいだろうか。
人はあるときふっと恋に落ちたりする。
それが結ばれるか、結ばれないか、あるいは幸せになるか、ならないかは別として。
そんな偶然より、もっと強いきずなで結ばれた二人もいる。

わたしと柳瀬早苗は、間違いなく運命に導かれて出会ったのだと思う。

そして、わたしたちが敵として出会ったある男と女も、運命の男と女であったに違いない。その二人は、数奇な運命に満ちた出会いをし、そしてわたしたちとも出会い、あの八丁堀を揺るがす大きな事件の主役となったのだった。

一

「兄貴はおかしなことが得意だった……」

ふと、箸を動かすのを止めて、夏之助の父の伊岡清兵衛《せいべえ》は言った。

「……」

母のほうはなにも訊かない。父が兄貴というのは、夏之助の実父・又兵衛《またべえ》のことである。

――やはり話をしにくいのか。

「なんですか?」

と、夏之助は訊いた。

「うむ。つまらないことを、おおげさに考えるのさ。そんなにおおげさに考えなくてもいいでしょうとわしが言うと、頭が回ってしまうのだと言っていた」

「例えば、どんなことですか？」

「どんなことかは忘れたが、昨夜、この近くで聞いた話のことで思い出したのだ」

「この近くでですか？」

　と、母が遠慮がちに訊いた。

「霊岸島のほうに渡ってちょっと行ったところに、犬がいっぱい集まる家があるのさ。餌《えさ》でもやっているのかと近所の者に訊いたら、そこの者は貧乏人だから、餌なんかやれっこないというのさ。下手したら、犬を餌にしそうなやつだと」

「まあ」

　母は笑ったが、夏之助はあまり面白くない。

「なぜなのか、わからない。それを聞いたとき、兄貴だったらきっといろんなことを考えたりしたのだろうなと思ったわけさ」

「へえ」

　と、夏之助は言った。

　じつは、いまの話に興味を覚えた。

死んだ父もそうなのかとも思った。

「さて、ぐずぐずしてはおられぬ。わしは出る」

父は立ち上がり、玄関へ向かった。無駄話などはしない。

見送った母はもどって来ると、

「ねえ、あんた」

と、夏之助を見た。咎《とが》めるような言い方である。

「なんだよ」

夏之助もすぐに反抗した口調になる。

「なんだよ」

下の妹の鮎《あゆ》が、夏之助の言葉を真似したので、ぴしゃりと額を叩いた。下の妹は、いまの父が実の父である。そのせいというわけでもないだろうが、夏之助はなんとなく癪《しゃく》に障《さわ》る。

「痛ぁい」

「余計なことを言うからだ」

妹はべそをかいた。

「いいから、聞きなさい。あんた、近ごろ、夜遊びしてるでしょ」

「してないよ」

「嘘を言いなさい。何人にも言われたよ、夜見かけたって」

まったく、ここらの女たちは、そういうくだらない噂話ばかりして回っているのだ。そんな話をしている暇があったら、本の一冊も読んでいろと言ってやりたい。武者修行に出るときには、あいつらの尻をぶっ叩いてから出て行くことにしよう。

「悪いのかよ」

「悪いよ。しかも、早苗さんといっしょにいたって」

「たまたまだろ」

「たまたまじゃないでしょ。あんた、ここらで妙な噂を立てられでもしたら、柳瀬さまのところがひどく迷惑するんだよ」

「柳瀬さまは、そんなこと気にしないよ」

「気になさるよ、まったく馬鹿だね。あんたは屁理屈ばっかり言うけど、世間のしきたりのことは何も知らないの」

「世間のしきたりなんか知りたくないね」

「もう、ほんとにどうしようもないね。世間のしきたりがいちばん大切なんだろうが。それを忘れたら、お前なんか生きていけないよ」

母親は脅すように言った。こういうとき、母親の身体はやけに大きく見えてしまう。

それに負けまいと、ますますふてた口調で言った。

「だから、この世はくだらないって言ってんだろうが」

つくづくそう思う。

いったい、どう考えたら、世間のしきたりがいちばん大事などという言葉が出てくるのか。しきたりなんてものは、面倒で、鬱陶《うっとう》しくて、人をがんじがらめに縛りつけるだけのものでしかない。そう思う人たちは、考えが同じ人たちだけで集まって暮らしてもらいたいものである。

もしかしたら、それが八丁堀という町なのだろうか。

どうせ自分は、早いところ武者修行に出てしまう。

「いいから、口ごたえせずに聞きなよ。早苗さまをいっしょに連れて、夜遊びに行くなんてことは絶対に許さないからね」

「しょうがないだろう。いろいろあるんだから」

「しょうがなくない。今度から、あんたが出て行くときは、あたしがあとをつけるからね」

「勘弁してくれよ」

夏之助は箸を投げつけ、もう一膳食べたかった飯を終わりにして、学問所に行くため立ち上がった。

「犬が集まる家？」

早苗の目が輝いた。

今日は道場の帰りにいっしょになった。

「犬好きの人の家なら不思議でもなんでもないよな。でも、犬を餌にしそうなくらい貧乏なんだって」

「餌じゃないんだ」

「ああ」

「ただ、かわいがるだけで、犬って集まるかな」

早苗は首をかしげた。

「面白いだろ」

「うん。なんだろうね」

「行ってみようか」

夏之助と早苗は霊岸橋を渡った。

「渡ってちょっと行ったところと言ってたんだけどな」

犬が集まっているようなところはない。

ただ、一軒、貧しげな家はあった。

「あそこかな?」

「わかんないよ」

「だって、犬を餌にしそうな人が住んでいる家だぞ」

ここらは酒問屋をはじめ、蔵を持つような大きな問屋が多い。もちろん建物も立派である。こんな板葺《いたぶ》きの崩れかけた家は、ほかに見当たらない。

「たしかに。ちょっと待っててみようか」

「ああ」

早苗は袂《たもと》から飴玉を包んだ紙を取り出した。

「舐めない?」

「また飴か。虫歯になるぞ」

「ちゃんと歯を磨けば平気」

「じゃあ、もらう」

飴を舐めながら、

「犬とか生きものに好かれる人っているよな」

「あたし、そうだよ」

「うん」

「夏之助さんもそうじゃないの？」

「おたまはなつくけど、猫はあんまり得意じゃない」

「好かれる人なのかな」

話をしながら待つが、いつまで経《た》っても、犬は来ない。ここに住む人ももどって来ない。

日も暮れてきた。目の前は越前《えちぜん》堀だが、堀の下から薄闇が這い上がってきていた。

「そういえば、夜遊びはやめろって言われた」

夏之助はぽつりと言った。

「父上に？」

「いや、母親。しかも、早苗を誘うなって」

「ふうん。平気だよ」

「早苗はなんにも言われないのか？」

「言われないよ」

「へえ」

柳瀬家は与力という格上の家柄なのに、家の雰囲気は凄くざっくばらんである。気取ったりする人もいないし、細かいことにもうるさくない。

「ないしょにしてるけど、たぶん、父と母も幼なじみなんだよ」

「ああ」

それは聞いたことがある。「柳瀬さまのご夫婦は子どものときから仲がよかったからね」と、夏之助の母が陰口みたいにして言っていた。そのなにが悪いのだろうと、思ったものだった。

「若葉姉さんにもそんなこと言ってたよ。幼なじみで好きな人はいないのって」

「……」

まるで、幼なじみ同士で結ばれるのがいいみたいな言い方ではないか。

「じゃあ、夜遊びやめる？」

「やめねえよ」

夏之助はふてくされた調子で言った。

「じゃあ、いいじゃない」

「でも、母親があとをつけるって言ってた」

そう言って、夏之助は霊岸橋のあたりを見た。本当に母親がそこらにひそんでいるような気がした。

「そんなことしないよ」

「でも、早苗を呼び出すのって最近やりにくいんだよな」

去年あたりまでは屈託《くったく》なく声をかけていたのだ。

「夏之助さん、猫の鳴き真似やれるよね」

「猫かあ。それを合図にするの？」

「そう」

「犬のほうが得意だけどな」

「犬は駄目だよ。猫だったら、おたまがそこらで鳴いてると思ってくれるけど、犬が鳴いているのは変だもの」

たしかにおたまは夜中に夏之助の家のほうに来て、鳴いている声もよく聞く。

「でも、早苗もおいらが鳴いているのに、おたまが鳴いているのと間違えるかもしれないだろうが」

「あたしはわかるよ。おたまの声は区別がつくもの」

「区別つくか？」

「やってみて」

早苗が言うので、

「みゃあ」

と、鳴いてみせた。

「ぷっ。大丈夫、わかる」

「へえ」

「じゃあ、用事があるときは、柿の木のあたりに来て鳴いてね。あそこならよく聞こえるから」

「わかった」

面白そうである。

夜中に猫の鳴き真似で早苗と待ち合わせ、外へ調べごとに出るなんて、考えただけでもわくわくしてくる。

「じゃあ、もう、帰ろうか」

「ああ」

立ち上がりかけたとき——。

天秤棒《てんびんぼう》とザルを持った六十くらいの男が帰って来た。かつぎ売りをしているらしい。ザルの中にすこしなにか入っている。ぜんぶは売り切れなかったのだろう。

「別に犬は来ないよな」

念のため、このあたりを一回りして帰ろうとした。

犬とすれ違った。白い犬だが、薄汚れている。もちろん野良犬だろう。

犬はなんだかいそいそといった調子で歩いて行く。

「さっきの家のほうに行ったな」

もどって見ると、やはりそうだった。

ほかからも集まって来ている。

ぜんぶで二十匹くらいになった。

「やっぱりこの家だったね」

「ああ」

「訊いてみる？　この家の人に」

「いや、それは」

犬のことでわざわざ訊いたりはしにくい。

「朝、また来てみようか？」

「うん」

朝だったら、学問所に行くのをちょっと早めに出ればいい。

二

朝も犬はいた。

ちょうど、中から男が出て来た。

「犬、多いですね？」

通りがかりのような顔で、夏之助は訊いた。

「そうなんだ。どうしてか、集まって来やがるんだ」

「餌をあげたりはしていないんですか？」

「犬にやる餌があったら、おれが食うよ」

「犬は好きじゃないんですか？」

「別に好きじゃないね。仔犬なんか見ると、かわいいとは思うが、ここに来るのに仔犬なんざいねえしな」

「朝、来るんですか？」

「朝はあんまり来ねえんだ。たいがい夜だよ」

「昼間は？」

「昼間なんかおれは働きに出ててわからねえよ」

昼間は来ないのだ。

この人がいるときに限ってやって来るのだ。

「まったく疲れるよな」

男は愚痴《ぐち》を言いながら、仕事に出て行くらしかった。

夏之助と早苗は夜、もう一度やって来た。

家をそっと抜け出したのだ。

猫の鳴き真似も試してみた。ちゃんと聞こえるらしい。この方法はこれからも役立ってくれそうだった。

堀沿いを歩きながら、夏之助は言った。

「夜っていいよな」

「うん」

ずっと夜だっていいくらいだ。

なんか、無駄なものがなくなって、逆に気持ちがのびやかになる気がする。

「怖くないか？」

「うん。怖いところもあるんだけど」

早苗は夏之助を見た。

頼りになると思ってくれているのだろうか。夏之助は自信がない。

家に明かりが灯《とも》っていた。男は帰っているのだ。

味噌汁と飯をいっしょに煮込んだような匂いも流れてきた。

だが、犬は集まっていない。やっぱり食べものをねだってくるのではない。

しばらく待った。

四半刻ほどして——。

犬が集まってきた。やっぱり二十匹近くいる。

「ねえ、夏之助さん。やっぱり訊いてみないとわからないよ」

「そうだな」

二人は外から声をかけた。

「あのう」

「なんだ、どうした？」

男が戸を開けた。

「いま、ちょうど犬たちが集まってきたんですよ。おじさん、なんかしましたか？」

夏之助が訊いた。

「なにも。肩叩いただけだよ」

「やってみてくれませんか？」

「こうだろ」

棒で肩を叩くと、小さな音がした。すると、このあたりにいた犬たちがいっせいに尻尾を振った。それは、いかにも嬉しそうだった。

「かわいい」

早苗が小さく叫ぶように言った。

ついにわかった。

それは、棒だった。棒の立てる音が、このあたりの野良犬を呼び寄せていたのだった。

五尺足らずの棒。黒く漆《うるし》が塗ってある。それほど凝《こ》った細工がしてあるわけではないが、なんとなく洒落《しゃれ》た感じがする。

「それ、どうしたんですか？」

「拾ったんだよ」

「拾った？」

「そっちの道でな。盗んだりはしてねえぜ」

「そんなことは疑っていませんよ」

じっと見た。

「これ、もとは杖《つえ》じゃないですか？」

「杖なんだろうな。おれには肩叩きにちょうどなんだよ」

「ちょっと貸してもらえませんか？」

「ああ」

肩を叩いてみた。

「鈴が仕込んでありますね？」

「そうだな」

「鳴るんですね？」

「鳴るんだよ。面白いからそのままにしてあるがね」

もしかしたら、使っていた人は目を病んでいるのではないか。

相手に注意をうながすため、音の出るものにしているのでは？

「そっちの道ってどこですか？」

「ほれ、汐留橋《しおどめ》のわきのところだよ」

と、男は指差した。

そこは大名屋敷に挟まれた道だが、人形町のほうから来るときは近道にもなるため、夏之助もときどき通ることがある。

翌朝——。

夏之助と早苗は、男が教えてくれた道に来ていた。

ここも道の両脇が落ち葉で埋まっている。どちらの屋敷もイチョウの木が多いため、やけに黄色っぽく彩られていた。

「ほんとにこんなところに落ちていたのかな？」

と、夏之助は言った。

「どうして？」

「だって、人とぶつかりそうな道でもないし、立ち止まるようなところもないよ」

「じゃあ、倒れたんじゃないの？」

「あいつは倒れた人から杖を盗ったのか？」

そこまでひどいことをするような男には思えない。

辻番があった。

行ったり来たりしていたら、番人のほうから声をかけて来た。

「なんか、探しているのかい？」

「というか、ここで杖を拾った人がいて、持ち主を探すのに手がかりみたいなものはないかなと思ったんです」

夏之助が言った。

「落としものか」

「ええ」

「そういえば、半月ほど前、そこで倒れていた女の人がいたよ」

「助けたのですか？」

「声をかけて、医者を呼ぼうかと思ったら、ちょうど通りかかった人がその人を知っていてな。背負って連れて行くと」

「倒れていたのはいくつくらいの女の人でした？」

「四十代の半ばくらいじゃねえかな」

「もしかして、目を病んでいるふうではなかったですか？」

「ああ、そうだったよ。まるっきり見えないという感じじゃなかったがね」

「犬を連れていたりはしませんでしたか？」

「連れてはいないが、ここらの野良犬がなついていたね。なんか、いつも干し肉みたいなものを持っていて、歩きながら野良犬にやったりしていたみたいだったよ」

夏之助は、早苗を見た。

犬たちはその人に餌をもらったりしてなついていたのだ。あの杖の音を聞くと、その女の人が来たと集まってくるのだろう。

とりあえず、謎は解けた。

「倒れてからは見てないですか？」

「うん。見てないね」

「特徴みたいなものは憶えてませんか？」

「四十代半ばだったが、あの人は若いときにはきれいだったろうな」

「はあ」

「いつも上品な着物を着てたね」

「どっちから歩いてきました？」

「日本橋のほうから来てたね。それで、その角を曲がっていったんだ」

辻番の爺さんは、曲がる角を指差した。

三

ここらからだと、あのボロ家とは一町ほど離れている。

「その女の人は、犬が大好きなんだろうね」

「だろうな」

「まさか、死んじゃったなんてことはないよね」

「わかるもんか」

だが、もうあのあたりを歩いたりはしていない。落とした杖も探しには来ていない。本当にもう亡くなってしまったかもしれない。

「たぶん、そう遠くから来ていたわけじゃないよね」

「うん。病気だし、目も悪いしな」

「きっと、そっちのほうに行って、訊けばわかるよね」

「わかるだろうな。でも、訊いてどうするんだ?」

「あたし、あの杖を届けてあげたいなって思ったんだよ」

　早苗はそう言った。

「あの杖を」

「もし、亡くなっていたとしても、まだ臥《ふ》せっているとしても、あの杖は手元に置きたいんじゃないかな」

「うん」

「寝床で振ったりすると、あの犬たちが外で鳴いて応えてくれるかもしれないよ」

「そうだな」

「でも、いくら拾ったやつでも、返せとは言いにくいよね」

「言いにくいよ」

「じゃあ、お金?」

「おいら、こづかいなんか持ってないよ。それにいくらくらいか、見当もつかないし」

「交換してもらおうか。いま、持っているものと?」

「交換か。それはいいかも」

「なにを出せる? あたしは、若葉姉さんのお下がりだけど、ほとんど使わない櫛《くし》があって、それを出してもいいよ」

「おいらは、死んだ父のかたみで」

刀の鍔《つば》と言おうとしたが、

「父のかたみは駄目だよ」

早苗に止められた。

「それが駄目なら、ずっと大事にしてきた、ものすごくよく回る独楽《こま》もあるけど」

「うん。独楽でいいよ」

「……」

夏之助は、一瞬、泣きそうな顔をしたが、なにも言わずうなずいた。

「じゃあ、持って来よう」

いったんそれぞれの家にもどり、夏之助と早苗はまた、あのボロ家の前で待ち合わせた。夕飯をすませてからにしたかったが、すると本当に母親から跡をつけられるような気がしてきたのだ。

ボロ家のあるじは、暮れ六つ前に疲れた足取りで帰ってきた。

カゴに残ったものを見ると、魚の干物が入っていた。それを漁師から仕入れ、山の手のほうに行って売り歩いているのかもしれない。

夏之助たちの申し出を聞くと、

「交換か」

と、嬉しそうな顔をした。

「ええ。元の持ち主がわかりそうなので、返してあげたいんですよ」

「そりゃあいいや。おれは売り払おうと思ったんだが、どうも盗人扱いされるような気がしてためらっていたのさ」

夏之助もたぶんそうだろうと思っていた。

「ほら、持っていきな」

「じゃあ、櫛と独楽です」

夏之助は手渡した。

「これは売ったりしてもいいんだな？」

と、訊いた。

「もちろんですよ」

「黄楊《つげ》の櫛はいい値で売れるかもしれねえぜ。この独楽は二束三文だろうがな」

「……」

じつは、さっきも回してみたが、ほんとによく回る独楽なのだ。

二束三文なら、返してもらいたいくらいだった。


同じころ——。

柳瀬宋右衛門と洋二郎は、奉行所と家のあいだにある材木河岸沿いの飲み屋にいた。

ここはまるで気取った店ではない。よしず張りの水茶屋《みずちやや》のようなつくりで、おでんを肴《さかな》に酒を飲ませる。

あけっぴろげな分、盗み聞きされる恐れもなく、宋右衛門と洋二郎はよく大事な話をここでしてきた。

「商いの状態がよくない店を、奉行所というのはいちはやく知ることができるのだ」

と、宋右衛門が洋二郎に言った。

「そりゃあ、そうでしょうね」

「そういった店を調べれば、まあ、たいがいやましいことの一つや二つはある。そこを突っついたりすると、どうなる？」

「本気で突っつくんですか？　突っつくようなふりをするんでしょう？」

洋二郎はおでんの大根をうまそうに頰張りながら言った。

「お前、鋭いな。そうなんだ。要は、奉行所が目をつけてるぞと脅すわけさ。すると、あるじはお縄になったり、つぶれたりする前に店を畳み、誰かに売ってしまおうと考える。それで、近ごろ申し出ていたところに売却することにする」

「破格の安値でね」

「ああ。それでも取り潰しになるよりはましというものだろう。買ったほうは、これを自分のものにしてもいいし、あるいは高い値でほかに売ってもいい。いずれにせよ、一つの店を食いものにし、莫大な利益を得ることができる」

「それはほんとの話なんですか？」

「ほんとの話らしいのさ」

宋右衛門は娘たちには見せたことのない厳しい表情で言った。

「兄貴。では、奉行所から話が洩《も》れていると？」

「確証はない。だが、その気配はある。ところで、例の青洲屋だがな」

「ええ」

「そうやって大きくなって来た気配がある」

「女あるじが奉行所の誰かと近しいのですか？」

「まだ確証はないが、同心で山崎半太郎という男がいる」

「ああ、新陰流《しんかげりゅう》の使い手ですよ」

「その山崎が青洲屋に出入りしているという話はある」

「そうでしたか」

「丹波どのに頼んで、山崎に気をつけてもらおうかとも思っているのさ」

「そうでしたか」

「なにせ、丹波家とは親戚になるかもしれぬしな」

「若葉は承知したのですか？」

「承知どころか、いそいそしているそうだぜ」

「はあ。いい男でしたからな」

「おれやお前とは違ってな」

「いい男ねえ」

「若葉は芳野の好みとは違うみたいだな」

宋右衛門は皮肉な笑みを浮かべながら、茶碗の酒をあおった。

四

その夜のうちに――。

夏之助と早苗は、杖の持ち主である女の家を見つけていた。

まるで手間はかからなかった。杖が落ちていた道を町人地のほうに出たあたりで、

「この杖をついて歩く、目の悪い女の人の家を知りませんか？」

と、訊ねた。

最初に訊いた八百屋《やおや》のおやじが、

「そこだよ、そこ。大きな家があるだろう。町人の別荘なのに、お大名の屋敷みたいに広い家。そこの女あるじの杖だよ。最近、見かけないがね」

指差して教えてくれた。

本当に広い家だった。

与力の柳瀬家は三百坪の屋敷をいただいているが、たぶんその倍以上はある。

黒板塀を回し、樹木も多い。家は二階建てらしく、その二階には明かりも見えていた。

気後《きおく》れしたが、夏之助と早苗は、玄関の戸を叩いた。

何度か呼ぶうちに、いなせな感じのする若い男が出てきて、要件を伝えると、しばらく中に入っていたが、

「二人とも入るように」

と、言ってきた。

もう夕餉の時刻である。もどらないと、夏之助の母親も機嫌を悪くしているはずだが、どこかに手柄を伝えたいような気持ちがあったのだろう。

つい、勧められるままに、二階に上がった。

女は病み、庭の見える部屋で寝たきりになっていた。

顔色がひどく悪かった。ろうそくの灯でも、黄色味を帯びているのがわかった。

それでも、元気だったころはどんなにきれいだったことだろう。夏之助の知っているいちばんの美人は、早苗の姉の紅葉だが、もしかしたら紅葉と同じくらいきれいだったかもしれない。

「まあ、あなたたちが見つけてくれたの？」

女は涼しげな目を瞠《みは》った。

「はい」

早苗が、この杖を見つけるまでの話をし、

「たぶん、ここにも来ますよ」

と、窓の外に向けて杖を鳴らすようにした。

本当に犬たちは駆けてきた。

それから、いかにも嬉しそうに吠《ほ》え、塀にすがりついたりする音も聞こえた。

一帯の野良犬たちは、この女の人の散策を心待ちにしているのだろう。

「嬉しいね」

女は目に涙を浮かべた。

「自分では飼わないのですか？」

早苗が訊いた。

「飼わないの。昔は飼ってたのよ。その子が死んじゃったら悲しくてね」

「ああ、そうでしょうね」

飼っているのは猫だが、その気持ちはわかる。

いつもいるおたまがいなくなったら、どんな気持ちになるだろう。

「名前、教えて」

「伊岡夏之助です」

「柳瀬早苗です」

いっしょに頭を下げた。

「あんたたち、ほんとに可愛いね」

「はあ」

早苗は夏之助と顔を見合わせて微笑んだ。恥ずかしいような、嬉しいような気持ちだった。

「あたしもあんたたちみたいな子どもを持っていたら、いまとはまったく違う暮らしだったろうね」

「でも、こんな豊かなめぐまれた暮らし、皆、したくてもできないんじゃないですか?」

「豊かだと思うよ。恵まれているかもしれないね。でも、幸せじゃなかった」

「そうなんですか」

夏之助と早苗は、なんと言っていいかわからなくなった。

しばらく沈黙があり、

「あのね。ほんとは、あんたたちに会いたかったの」

と、女は言った。

「え？」

「同じことをあたしも考えてみたことがあるの。あたし、あれ、落としたでしょ。そのあと、犬が集まるって聞いて、もしかしたらあれを拾ったのかなって」

「そうなんですか？」

「それで、そういう話が届くようにしてみたの」

「してみた？」

「八丁堀に賢い男の子と女の子がいて、小さなことからいろんな謎を解き明かすんだって聞いたわけよ。すると、もしかしたら、あたしのところまでたどり着くのかなって試してみたわけ」

「それって、おいらたちはおびき寄せられたってことですか？」

　驚いて夏之助が訊いた。

「そうとも言えるかな」

「どうしてそんなことを？」

「どこまで聞いてるかわからないんだけど、あたしは青洲屋って店の女あるじでおちさって言うの。聞いてない？」

「いいえ、知りません」

と、夏之助は首を振った。わきで早苗も首をかしげた。

「ふふふ」

おちさは笑った。

「やっぱり早苗ちゃんのほうが芝居は上手かな。夏之助さんはちょっと顔に出ちゃったよ」

二人が急に落ち着かなくなって二階から下りて行くと、隣の部屋との境にあった襖《ふすま》が開いた。

堂々たる押し出しの武士が現われた。

「話は聞こえてました、丹波さま?」

「ああ、よく聞こえていたよ」

「あの子たちは助けてあげてくださいな」

「悪いがそれはできぬな」

丹波はやさしい声で言った。

「まるで、あたしたちのあのころみたいではありませんか」

おちさは目を閉じた。

二人が近所同士だった小石川の日々。

岩井《いわい》美濃助は十六のとき、親戚である八丁堀の与力の家に養子に行くことが決まった。同じころ、器量良しのおちさは、大奥へと入ったのである。

それは思いがけないなりゆきだった。

おちさは、物ごころがついたときから、美濃助の嫁になるものだと思っていた。それ以外の人生など考えてもみなかった。

二人が離ればなれになると知った日。二人は伝通院《でんづういん》の境内の奥へと入り込み、於《お》大《だい》の方——それが家康公の生母であるとはあとで知ったのだが——その方の墓の裏で初めて抱き合った。わきで猫が鳴き、梅の香りが流れていたのも覚えている。

「おれたちはまた会う。これで終わりではない」

「あたしもそう思う。ぜったいにまた会う」

抱き合いながら二人はそう言った。

その言葉通りに、やがて二人は再会し、あの巧妙なかどわかしを企図《きと》し、成功させたのだった。

そして自分は、五百両を元手に、美濃助の力も借りながら、商人としてのし上がってきた。

幼かったあのころには、想像もつかないような人生ではないか。

「おちさ。あいつらはガキのくせに、そこらの同心よりはるかに鋭いのだ。あいにくだが、生かしておくわけにはいかぬ」

「でも」

「あいつらは、誓運寺にまでたどり着いたのだぞ。そなたのことだけではない。山崎や江藤の家があそこが菩提寺であることまで知ったのだ」

「まあ」

「わしはちょうど、その話をするために来たところだったのだ。昨日、山崎が誓運寺によって檀家の連中から聞いたそうだ」

「どうしてもなの？」

「無理だな」

丹波美濃助は、二階から顔を出し、下にいた山崎半太郎にうなずいた。

下で山崎が、右手で二度、手刀《てがたな》を切った。

「うむ」

丹波はゆっくり、もう一度うなずいた。

そんなしぐさを見ながら、おちさはつぶやいていた。

「ごめんね、夏之助さん、早苗ちゃん。さっき言ったのは、ほんとのことなんだよ。あんたたちみたいな子どもが持てていたらって」

「夜の青空ってきれいだよな」

おちさの家の広い庭の途中で立ち止まり、夏之助は言った。

「青空？　ほんとだ、きれい」

もちろん空は暗い。

だが、暗さの向こうに青空があることがうかがえるのだ。

よく晴れて、闇の向こうに秋の青空が広がっているのがわかる夜空なのだ。

「雲も真っ白だ」

「うん」

ただ、きれいなことはきれいなのだが、昼の青空にはない不吉な気配のようなものが感じられた。

「さ、早く帰ろう」

夏之助は早苗の背を押した。

自分たちはなにかまずいところに触れてしまったらしい。それがなんなのか、じっくり考えてみなければならない。

これまで起きたこと。いま、八丁堀の周辺で動いていること。それらがどれも、あの青洲屋のおちさという人につながっている。

もう自分たちが調べられる話ではない。柳瀬洋二郎にも、いや、それどころか早苗の父に伝えるべきだろう。

だが、とりあえずはここから出なければならない。

ここにはおびき寄せられていたのだ。

細い道を急いだ。隠居家だというのに、まるで大名屋敷のように凝《こ》った庭のつくりだった。

前に同心が立っていた。

同心は塀の前をふさぐようにし、後ろ手で裏戸のかんぬきをかけた。

見たことのある同心だった。浜代の遺体が鉄砲洲の河岸に上がったとき、調べに来ていたのはこの同心だった。

背が高く、いかにも俊敏そうな身体つきをしている。

道場で田崎に見下ろされるときの無力感を思い出した。

もう一度、夜空を見た。

この夜空がこの世の見おさめになるかもしれないのだ。

少なくとも自分は。

——早苗だけはなんとしても助けなければならない。

夏之助はそう思った。

それにはどうしたらいいか。

この前の危難と違って、泣いている場合ではなかった。戦うしかなかった。

未熟な剣でも立ち向かうしかなかった。

「早苗。約束しろ」

夏之助は小声で、叫ぶように言った。

「なにを？」

「おいらが斬られているあいだに、あの戸を開けて、必死で駆けるんだ」

「そんな」

「いいから、約束しろ。そうしないと、おいらがいままでやった剣術も、ぜんぶ無駄になっちまうんだ。もし、お前を助けることができたら、おいらの下手な剣も無駄じゃなかったってことになるんだから」

「夏之助さん」

「わかったって言え。頼むから早く言え」

早苗の返事がある前に、目の前の同心が刀を抜き放った。

（「八丁堀育ち３」に続く）

初恋《はつこい》の剣《けん》　八丁堀育《はっちょうぼりそだ》ち　2　朝日文庫

2012年10月30日　第1刷発行

著　者　風野真知雄《かぜのまちお》

発行者　市川裕一
発行所　朝日新聞出版
〒104-8011　東京都中央区築地5-3-2
電話　03-5541-8832（編集）
03-5540-7793（販売）
印刷製本　大日本印刷株式会社

ISBN978-4-02-264680-4